人妻お忍びツアー

霧原一輝
Kazuki Kirihara

三交社 文庫

目次

第一章　ツアーで叔母と……5
第二章　紅葉風呂での秘め事……47
第三章　京都の未亡人……86
第四章　主任の美脚……134
第五章　年下のガールフレンド……179
第六章　島での目眩く体験……227

※この作品は艶情文庫のために書き下ろされたものです。

第一章　ツアーで叔母《おば》と

1

十月下旬、森田淳一《もりたじゅんいち》は東京駅日本橋口《にほんばしぐち》の待ち合わせ場所で、会社の名前の入ったツアーの旗を持って、受付をしていた。

これから、二泊三日の東北紅葉ツアーに出かけるのだ。そして、淳一はそのツアーの添乗員をしている。

淳一は二十三歳で、まだ添乗員をはじめたばかり。

旅行会社の就職試験にすべて落ち、それでも、他の業種につくのはいやで、ツアーコンダクターの派遣会社に登録した。どうにかして添乗員の資格を取り、これでツアーは三本目。

参加者約三十名の受付は簡単ではない。集まっていた人の名前をチェックして、旅行会社のバッジを渡すので精一杯だ。おろおろしていると、スラックスにコートをはおった美人が、キャリーバッグを転がしながら歩いているのが見えた。

（えっ……志麻子《しまこ》さんじゃないか！）

淳一の胸はドクンと高鳴る。

高瀬《たかせ》志麻子は、淳一の母の妹、つまり、叔母である。

物心ついたときから、親戚《しんせき》の集まりで顔を合わせるたびに、その清楚《せいそ》でありながら色っぽく、その上、やさしい叔母にドキドキしていた。気づいたときは、好きになっていた。つまり、初恋の女でもあった。

（その志麻子さんが、なぜここに？）

ちらちらとうかがっていると、志麻子も何かをさがしているようだった。会社の旗と旅行名を確認して、こちらに向かって歩いてくる。

（もしかして、志麻子さんはうちのツアーに？）

しかし、高瀬志麻子という名前は名簿には載っていなかった。あれば、すぐにわかるはずだった。

志麻子は自分の予約したツアーの受付をやっている男、つまり添乗員が甥《おい》であることに気づいたのだろう。

ハッと息を呑《の》むのがわかった。それから、

「あの……ここは『東北十和田湖《とわだこ》・角館《かくのだて》　燃えるような紅葉の旅三日間』の受付

でよろしいでしょうか？」

おずおずと声をかけてくる。

「そうです。あの……」

「あとで事情を話しますから。今は何も言わないで、普通に……二人の関係も内緒で」

志麻子はそう耳打ちする。淳一がうなずくと、志麻子は受付に必要な旅のしおりを差し出してきた。

その封筒には、山城《やましろ》志麻子という名前が記してある。

（ああ、そうか……！）

名前をチェックしながら、淳一は思い出した。

名簿には、山城辰巳《たつみ》という名前と一緒に書いてある。つまり、二人は夫婦ということで予約されていた。昨日、山城辰巳からキャンセルがあり、妻の志麻子だけは参加するという知らせを受けていた。

叔母と同じ名前だなとは思ったが、まさか、山城志麻子が叔母だとは思わなかった。だいたい、叔母は叔父《おじ》の高瀬政志《まさし》と結婚しているのだから……。

（どういうことだろう？）

頭のなかで疑問符を点滅させながらも、淳一は平静を装って受付をし、

「十五分後にここに集まってください。みなさん一緒に改札を済ませて、新幹線に乗りますから」

と、必要事項を告げる。

志麻子はうなずいて、少し離れたところに立ち、スマホの画面を見はじめた。

こうして見ても、叔母はきれいだ。

ごく普通のことをしていても、目立つ。叔母の周囲だけ空気が違うのだ。

淳一の母は四十七歳で、三姉妹の長女。その末っ子が志麻子で、確か三十八歳のはずだ。

志麻子は会社に勤めていたが、六年前に関連会社に勤めていた叔父に見初められて、結婚した。子供はいない。作りたいのだが、なかなかできないのだと母は言っていた。

親戚の集まりで小さな頃から逢《あ》っていた志麻子に恋心を抱いたのは、十年前の中学のときだった。その頃、志麻子はキャリアウーマンで、仕事をバリバリこなして、溌剌《はつらつ》としていた。

やがて結婚し、働く女性のオーラは消えたが、代わりに人妻の落ち着いた色気

が出てきて、ますます好きになってしまった。

（しかし、一緒に来るはずだった山城辰巳って誰《だれ》なんだ？　もしかして、相手の男は、不倫相手……いや、志麻子さんに限ってそんなはずがない。だけど、お忍びで旅行を試みた不倫カップルと考えるのが普通じゃないか？）

そこまで考えたとき、夫婦のツアー客がやってきて、淳一は業務に集中する。

全員が集まって、予定の時刻に淳一は旗を持って先頭に立ち、ツアー一行を誘導して、改札を潜《くぐ》る。

ホームで待っていると、新幹線はやぶさが入ってきて、全員が同じ車両に乗り込む。

上野《うえの》と大宮《おおみや》で残りの参加者が数人乗り込む予定だが、ひとまずこれで安心だ。ツアーの間の面倒は見られるが、遅れてこられてはいかんともしょうがない。

降車駅は八戸《はちのへ》で、三時間弱で到着する。その後、会社の契約したバスで、十和田湖のほうにまわり、紅葉を見物する。

淳一は自分で作った各地の地図や、名所などを記した旅のガイドのコピーを、客車で配る。志麻子も頭をさげて、それを受け取る。

ドタキャンだったので、二人席の志麻子の隣は空いている。

山城とはどんな関係なのか、なぜキャンセルになったのかわからないから、何とも言えないが、カップルでの旅がひとり旅になったのだから、きっと、志麻子は寂しい思いをしているに違いない。

添乗員席について、後ろを見ると、志麻子が車窓から外を眺めているのが見えた。かるくウエーブした髪がととのった顔に垂れかかっている。

いつ見ても美しい横顔だ。しかし、その横顔に憂いの影が落ちているように見える。

（やっぱり、寂しいんだろうな……）

淳一も前を向いて、目を閉じる。

最近、叔母に逢ったのは、半年前の親戚の葬儀だった。

あのとき志麻子は黒い着物の喪服を着ていた。女性の喪服は色っぽいと言うが、志麻子はまさにそれだった。悲しみに沈んだ顔をしていたけれども、全身から滲《にじ》み出る色気はハンパじゃなかった。

不謹慎だが、自分は叔母に童貞を捧げたいと感じてしまった。

淳一が二十三歳にしていまだに童貞なのは、多分に志麻子のせいだった。ガールフレンドができても、どうしても叔母と較《くら》べてしまい、物足りなくなってしまうのだ。

もちろん、自分が女性のより好みができるような男でないことはよくわかっている。物になりそうな男だったら、たくさん受けた旅行会社のどれかひとつくらい受かっていただろう。しかし、自分はすべて落っこちたのだ。自分の評価はしょせんその程度なのだ。

だが、旅行は心から好きだ。大学時代にも数えきれないくらいの旅をした。日本の都道府県で、あと行ってないのは徳島県だけ。そのくらい、日本中をまわってきた。

なのに、旅行会社に採用してもらえなかったのは、何か欠けるものがあるからだろう。

（ダメだ。ちゃんと添乗員をしないと！）

淳一は、駅を降りてからの手順を頭のなかで反芻《はんすう》する。しかし、どうしても志麻子のことが気になってしまい、集中できない。

母から、叔父夫婦の不仲についてはまったく聞かされていない。

もちろん、たとえ母が知っていたとしても、妹夫婦の不仲など、淳一には言わないだろうが……。

だが、どう考えても結論は、不倫のお忍び旅行ということになる。

（だけど、普通不倫旅行で、みんなと一緒に行くツアーは選ばないだろう。知り合いに目撃されるのがいちばんヤバいんだから……うん、もしかして……）

淳一は参加者名簿をチェックした。

名前とともに、これまで何度うちの旅行会社を利用したかが記してある。やはり、常連さんには気をつかったほうがいいからだ。

名簿の山城辰巳の項を見ると、五十五歳と記してある。

（五十五歳か……志麻子さんが三十八歳だから、十七歳差か……随分と歳《とし》が離れているんだな）

しかし、今は歳の差カップルが増えているから、この年代の十七歳差など、大したことはないのかもしれない。

何度うちの会社を利用したか、その回数を見たとき、

（ああ、なるほど……）

と、思った。二十五回とあったからだ。

（そうか……山城辰巳はうちの大常連なんだ。それなら、たとえそれが不倫旅行でも、うちのツアーをついつい使ってしまうということは充分に考えられる。そ

れに……たとえば、志麻子さんも叔父に、旅行会社のツアーで、女の友人と行くから安心して、と伝えておけば、叔父も疑わないだろう）
志麻子はあとで事情を話すから、と耳打ちした。
（どんな事情にせよ、いずれわかるのだから、それまではとにかく、ツアーコンダクターとしてベストを尽くそう。自分はまだ新人の派遣添乗員で、いい結果を残さないと、使ってもらえなくなる……よし、頑張るんだ！）
淳一は自分を叱咤《しった》して、参加者へのガイダンスができるように、資料を読みはじめた。

2

その夜、ツアー客の食事処での夕食が終わり、淳一も添乗員用の夕食を摂《と》り終えて、部屋で休んでいた。

（そろそろ、志麻子さんからの連絡があるはずだが……）

業務用のケータイをちらちら見る。ツアー客には、このケータイの番号を記した紙を配ってあるから、客は何かあったら、ここに電話をしてくるはずだ。

（志麻子さんもそろそろ事情を明かしてくれるだろう……）

ケータイを気にしながら、今日のツアーの反省と業務日誌を書く。

八戸から、バスで十和田湖にまわり、遊歩道を歩いて、赤や黄色に色づくブナやカツラの紅葉を満喫した。それから、遊覧船に乗りながら湖岸の紅葉を見て、奥入瀬《おいらせ》渓流をたっぷりの時間を取って、散策した。

だいたいお花見ツアーや紅葉《もみじ》狩りツアーは微妙に最盛期からずれることが多い。だが、今回はどんぴしゃのタイミングで、真っ赤に燃えたつ紅葉を見て、ツアー客は満足してくれているようだった。

今回のツアーは添乗員にとってはラッキーだった。紅葉目当てに来て、色づく前であったり、散ったあとでは、添乗員がどんなに頑張ったところで、ツアーへの評価は悪くなる。ツアーの終わりに、アンケート用紙を回収する。そのアンケートに添乗員の欄があり、×をつけられたら、当然のことながら淳一の評価は低くなる。

業務日誌を丹念につけていたとき、隣に置いてあったケータイが唸《うな》った。

急いで、電話に出る。と、聞こえてきたのは、志麻子の声だった。

『淳一くん？　志麻子です。お休みのところゴメンなさい。区切りがいいときに、わたしの部屋にいらしてください。いつ頃になりますか？』

「……よろしければ、今すぐにでもうかがえますが……」

『よかった……こちらはもう温泉にも入ったし、いつでも大丈夫ですよ』

「では、今からうかがいます」

『では、お待ちしていますね』

電話が切れた。

淳一は汗を流すために一応部屋のシャワーを浴びて、下着は替えていた。だが、添乗員は緊急時に備えて、浴衣《ゆかた》のようなリラックスした格好はまだできない。

淳一は新しいシャツにズボンという格好で部屋を出で、志麻子の部屋に向かう。

ここは十和田湖畔に建つ、比較的規模の大きなホテルで、情緒には欠けるものの衛生的な大浴場があり、団体で宿泊するには格好のホテルだった。

三階のルームナンバーを確かめて、かるくノックをすると、すぐにドアが開いて、招き入れられた。

温泉につかったあとなのだろう、志麻子は髪をシニヨンに結って、浴衣に半纏《はんてん》をはおっていた。

近づくと、湯上がりの香りがして、顔もつやつやして、浴衣の袖からのぞく腕もいつも以上にすべすべしているように見える。

二人用の広い和室には一組の布団が敷いてあり、それを目にするだけで、淳一の心臓は高鳴る。

「そこに座って……」

志麻子は広縁にある籐《とう》製の椅子《いす》を指す。小さなテーブルを挟んで、椅子が向かい合って置いてあった。

「お疲れでしょう？　ビールでいい？」

「あっ、いえ……まだ一応勤務中ですので……」

「一杯くらいなら、いいでしょ？　わたしも呑みたいから」

「ああ、はい……一杯くらいなら」

淳一は籐椅子に腰をおろす。窓の向こうに、ブナやカエデの林があって、黄色や赤く染まった木々がライトアップされて、とても幻想的に見えた。

（これから真実が明かされるのだ……）

ドキドキしながら外の紅葉を眺めていると、志麻子が冷蔵庫から缶ビールを二本持ってきて、テーブルに置き、向かいの籐椅子に腰をおろした。

髪を結っているので、温泉につかってつやつやの顔が額まで見える。いつ、どんな状況でも、志麻子は美しい。湯上がりで浴衣姿のためか、今夜の志麻子はとくに艶《なま》めかしい。

「今日の添乗、お疲れさまでした。すごくよかったわよ。みなさんも満足されていたみたい……乾杯しましょうか？」

「ああ、はい……」

二人はプルトップを開けて、缶ビールを掲げ、乾杯をした。

志麻子が缶に口をつけて、静かに傾けるのを見て、その悩ましい喉《のど》の曲線に見とれながら、淳一も缶ビールを呑む。

美味《うま》い！　今日一日の疲れが取れていくようだ。

グビグビッと大量のビールを喉に流し込んで、口を離した。缶を置くと、

「知らなかったわ。きみが添乗員をしているなんて……」

志麻子がちらりと上目づかいに淳一を見た。

そのキュートで女っぽい仕種《しぐさ》にドキッとしながらも、事情を説明した。

「すみません。俺、旅行が大好きで、大学を卒業してから、そっち関係の仕事につきたくて、入社試験受けたんですけど、全部落っこちてしまって……それでも旅行の仕事をしたかったんで、ツアコンの派遣会社に入ったんです。そのこと、

母も俺も志麻子さんに伝えてなかったです」

「……いいのよ。でも、今朝《けさ》、東京駅でツアーの旗を持っている淳一くんを見て、びっくりしちゃった……まさか、自分のツアーの添乗員を甥っこがするなんてね」

「はい……俺もびっくり仰天しちゃいました。前からわかっていたら、別ですけど……」

「そうよね。わたしは、山城志麻子っていう名前になっていたものね……悪いことはできないものね」

「えっ……？」

今、確かに志麻子は『悪いことはできないものね』と言った。

（ということは、やはり、不倫旅行なのか……？）

きっと、淳一は困惑した顔をしていたのだろう、志麻子が言った。

「やっぱり、いろいろと疑いたくなるわよね。当然だと思う。事情をお話しします。でも、このことは絶対に黙っていてほしいの。二人だけの秘密……それができるなら……」

「もちろん、黙ってます。絶対に他の人には言いません」

「そう……たとえ、どんな話でもわたしを軽蔑《けいべつ》しないでね」

志麻子が不安そうな顔をした。

「もちろん」

「じつはね……」

志麻子がぽつりぽつりと経緯を話しはじめた。

夫であり、淳一には叔父にあたる高瀬政志が、会社の部下のＯＬと不倫をしているのだと言う。それを、志麻子はスマホのメールのやりとりを見て、知った。

志麻子は考えた末に『別れていただけるなら、なかったことにします』と提案し、政志はそれを呑んで謝り、別れることを宣言した。

だが、数カ月後、政志はそのＯＬとまだ関係をつづけていることが判明し、志麻子は別れを、つまり、離婚をせまったのだと言う。

だが、政志は『離婚だけはいやだ』と拒んだ。

どうしていいのかわからなくなった志麻子は、以前に勤めていた会社の上司である山城辰巳に相談をした。

山城は五十五歳で、現在、会社の部長をしている。かつていろいろと世話になった、やさしくて法律には詳しい上司だった。

山城は親身になって、いろいろとアドバイスをくれた。どうしても離婚をしたいのなら、こういう方法があると詳しく教えてくれた。

だが、その最中に、じつは山城も妻との関係が上手くいっておらず、

『家に帰っても、まったく寛《くつろ》げなくてね。恥ずかしい話だけど、この数年は妻の身体《からだ》に指一本触れたことがないんだ。離婚をしたいのだが、部長という立場もあるし、息子も結婚を控えていて、できないんだ』

そう言われた。

もともと山城には信頼以上に好意を抱いていたが、何度も逢ううちに、山城も志麻子に対する愛情を隠さなくなった。そして、三カ月前に『あなたが好きだ』と告白され、ホテルに誘われて、それに応じてしまったのだと言う。

「……自分がいけないことをしている、許されないことをしていることはわかっているの。でも、自分でもどうしようもないのよ……このツアーも、山城さんに角館の紅葉を一緒に見たいと誘われて、断れなかった」

志麻子がうつむいて、ぎゅっと唇を噛《か》んだ。

淳一は疑問に感じていたことを訊《き》いた。

「ツアーだと、他の人にも見られると思わなかったんですか？」

「……それはそう思ったわ。でも、ここは山城さんがいつも利用する旅行会社で、すごくレベルが高いと言っていたのよ。それに、ツアーで女友だちと一緒に行くと言えば、夫も疑わないだろうと……。山城さんは今、担当しているプロジェクトで不測の事態が起こって、どうしても人に逢わなければいけなくなった。でも、きみにはぜひ行ってほしい。十和田湖と角館の紅葉を見てほしいと……。だから、ひとりで参加したの。そうしたら、淳一くんがいた。きみがツアコンをしていた……やっぱり、バチが当たったんだわ」

志麻子が自嘲《じちょう》の笑みを口許《くちもと》に刻んだ。

そのとき、淳一の胸に浮かんでいたのは、叔母のような人も不倫をするんだ、という驚きと、その山城という部長に対する強い嫉妬《しっと》だった。

それでも、うつむいて、涙を拭《ぬぐ》っている志麻子を見ていると、すごく可哀相《かわいそう》になってきた。

「いやでしょ、こんな女は？　軽蔑したでしょ？」

志麻子が涙で潤んだ、アーモンド形の大きな目で淳一を見た。その瞬間、淳一のなかで妬《ねた》みは消えた。

「……俺は……ずっと、志麻子さんが好きでした。今だって……その志麻子さんがそうなるんだから、きっと誰だってそうなるんです。俺、志麻子さんのことを信頼していますから。叔父さんがいけなかったんです。だいたい、あり得ないですよ。志麻子さんのような方がいながら、部下のＯＬに手を出すなんて……しかも、別れると約束して、まだつづいていたんですから、志麻子さんがこうなるのも当然です。自分を責めることはないですよ。これで、フィフティフィフティじゃないんですか」

淳一は努めて明るく振る舞った。

「大丈夫ですよ。俺、このこと絶対に言いませんから。死んだって、口が裂けても言いません。これは二人の秘密です。だから、志麻子さんは安心して、明日、角館の紅葉を愉《たの》しんでください。ラッキーですよ。今、ほんと見頃ですから」

淳一は志麻子がもっとも気になっているだろうことを口に出した。こう約束すれば、きっと志麻子も安心して旅行できると思ったからだ。

「ありがとう……ほんとうにありがとう……」

志麻子が深々と頭をさげた。

髪がアップにされているので、後れ毛の生えたうなじにドキッとした。頭を深く垂れているせいか、浴衣の衿元《えりもと》にもゆとりができて、仄白《ほのじろ》い胸のふくらみがわずかにのぞいている。

「そ、そんな……志麻子さんが、俺の前で頭をさげるなんて、ダメです。絶対にダメです」

しばらくして、ようやく志麻子が顔をあげた。

2

「少し、呑んでいかない」と誘われて、淳一は志麻子の部屋の和室で、座卓を前に日本酒を呑んでいた。

冷蔵庫から取り出した地酒の銘酒を、ヒヤで呑んでいる。

すぐ後ろには一組の布団が敷かれていて、それが目に入るので、ドキドキしてしまう。

今のところツアー客からの連絡はないから、添乗員としての仕事はほぼ終わりだ。

志麻子がホテルの売店で買ってきたというツマミを口にしながら、地酒を呑んでいると、淳一もだんだん酔ってきた。

だが、緊張感があるので、ほろ酔い程度だ。うれしかった。こうして、志麻子と二人でお酒を呑めることが。

志麻子もだいぶ酔いがまわってきたのか、顔が赤くなっているし、ストライプの浴衣からのぞく胸元も仄かな桜色に染まって、見るからに悩ましい。

以前から、親戚の集まりで志麻子が酔うと、ますます色っぽくなると感じていた。今夜は、お忍び旅行を甥に知られたという不安が一掃されたためか、酔いがまわるのがいつもより早いように思えた。

先ほどから、隣から淳一を見る目がとろんとして、潤んでいる。

浴衣の衿元がはだけて、姿勢によっては、その丸々とした胸のふくらみが見える。

志麻子が淳一を見て、言った。

「淳一くん、さっきわたしのことが好きだと言っていたわね。今も？」

自分を見る目がいつもとは違っていて、淳一は舞いあがりそうになるのを抑えて答える。

「はい、今も……」

「わたし、不倫をしているのよ。それでも？」

「はい、もちろん」

「そう……わたし、きみが好きになったみたい……寂しいの、すごく」

そう言って、志麻子がしなだれかかってきた。

体重を預けてきたので、淳一は後ろに倒れる。後ろには、布団が敷いてあった。掛け布団の向きに直角に仰臥《ぎょうが》した淳一の胸板に、志麻子は顔を埋《うず》めて、じっとしている。

淳一の心臓はバクバクし、股間《こかん》のものが一気に力を漲《みなぎ》らせる。

（ああ、いい匂《にお》いがする……）

これまで志麻子に触れたことさえなかった。

「添乗員の仕事はもう終わりよね？」

「は、はい……緊急事態がなければ……」

「そうか……たいへんね。夜も完全に気が抜けないのね」

「ああ、はい……でも、今夜はきっともう何もないと思います」

「そうだといいね……きっと、そうなるわ」

志麻子は顔をあげて、ワイシャツのボタンをひとつ、またひとつと外していく。

夢のようだった。

ワイシャツがズボンから抜き取られ、下着がたくしあげられる。そして、志麻子はあらわになった胸板に頬擦《ほおず》りしてきた。

手でなぞりながら、チュッ、チュッと乳頭にキスされると、ぞわぞわっとした戦慄《せんりつ》が流れ、股間のものがますますギンとしてきた。

と、志麻子はそれに気づいたのか、手をおろしていき、ズボン越しに勃起《ぼっき》に触れて、

「大きくなってる……すごいね、あっと言う間に硬くなった」

じっと見あげてくる。

「……すみません。志麻子さんを前にすると、こうなっちゃう」

「いいのよ。それだけ、わたしのことが好きだって証拠ですもの。じかに触ってもいい？」

「はい、もちろん……」

志麻子はベルトをゆるめて、ズボンのなかに右手を差し込んできた。ブリーフの内側にすべり込んだ手が、イチモツの硬さを確かめるように静かに、亀頭部から根元、根元から亀頭部へと往復する。

「あっ、くっ……！」

峻烈《しゅんれつ》な快感が流れて、淳一はぐっと奥歯を食いしばった。

気持ち良すぎた。おチンチンが蕩《とろ》けながら、ギンギンになる。

「どう、気持ちいい？」

「はい……すごく……ああ、くっ！」

亀頭冠のくびれに指が触れた瞬間、淳一の腰がひとりでに躍りあがった。

「……間違っていたら、ゴメンなさいね。淳一くん、ひょっとして初めて？」

志麻子が訊いてくる。

下から大きな目で見つめられると、ウソはつけなかった。

「はい……俺、まだ……」

「ほんとうに？」

「はい……俺、ずっと志麻子さんが好きで……だから、ガールフレンドができても、ついつい志麻子さんと較べてしまって……だから、途中でいやになってしまうんです」

「そんなに、わたしが好き？」

「はい。中学のときからずっと……」

「でも、わたし、きみが思っているほどの女じゃないわよ」

「そういう謙虚なところも、好きです」

「ふふっ……意外と女心をくすぐるのが上手いのね」

志麻子はちゅっ、ちゅっと胸板にキスを浴びせて、右手でブリーフのなかの分身を握りつづけている。時々、しごいてくれるので、甘い陶酔感がふくれあがりつづける。

(ダメだ。このままでは、出てしまう!)

淳一が射精しそうになったとき、それをわかったかのように志麻子が手を放した。

「裸になるから、淳一くんもなって……」

そう言って、立ちあがり、後ろを向いたまま半帯に手をかけた。衣擦《きぬず》れの音を立てて半帯を解き、帯を置いた。

その悩ましい姿に見とれながらも、淳一もワイシャツと下着、さらに、ズボンとブリーフを脱ぐ。

その間に、志麻子は浴衣を肩からすべり落とした。

夢のような瞬間だった。

色白で優雅な曲線を描く、叔母の裸身……。

後ろ姿のせいか、肩から徐々に細くなっていき、くびれたウエストから急激にひろがっているヒップの豊かさが、目に飛び込んでくる。

（すごい……色っぽすぎる！）

見とれていると、志麻子が結っていた髪を解いて、頭を振った。解き放された黒髪が躍り、肩や背中に散る。

それから、志麻子は振り返り、はにかみながら胸を押さえ、掛け布団をめくって、なかに裸身をすべり込ませる。淳一も同じようにして、志麻子の隣に潜り込んだ。

すると、志麻子はこちらを向いて、横臥《おうが》し、

「このこと、二人の秘密ね……」

やさしげな目を向けて、囁《ささや》きかける。

「はい！　口が裂けても、人には言いません」

「信用するね」

「はい、絶対に大丈夫です」

「こっちに……」

淳一も横臥して、志麻子のほうを向いた。すると、志麻子はやさしく抱きしめ

てくれる。

（ああ、いい匂いだ……！）

胸元からは仄かな汗の甘酸っぱい香りと、ここの温泉のお湯の微香がした。

淳一は少しずつ顔をおろしていく。

たわわな胸のふくらみがあって、大きくて柔らかなふくらみに顔が埋まり込んでいく。

二つのふくらみの谷間はわずかに汗ばんでいて、甘い汗の香りがする。

顔をぐりぐりと押しつけた。

気づいたときは、乳房にしゃぶりついていた。乳首をチューと吸うと、

「あんっ……！」

志麻子が低く喘《あえ》いだ。その声が、淳一をかきたてる。

（今、喘いだぞ。気持ちいいんだ。こうされると、気持ちいいんだ！）

無我夢中で突起を吸い、舐《な》めた。

すると、そこはどんどん硬くしこってきて、尖《とが》ってきた乳首を上下に舐めると、

「ダメッ……ダメだったら……うん、あんっ……ぁあうぅぅぅ」

志麻子が顔を突きあげた。洩《も》れそうになる声を手を口に当てて、必死にふせい

でいる。

（すごい！　志麻子さんが感じてくれている！）

淳一がなおも乳首を吸おうとしたとき、

「ダメっ……わたしがする」

志麻子は強引に淳一を仰向けにすると、上になって顔を寄せてきた。いきなり唇を奪われて、淳一はどうしていいのかわからない。

「……キスは初めて？」

志麻子が唇を離して、訊いてくる。

「ええ、すみません……」

「バカね、謝ることじゃないでしょ。いいのよ、力を抜いて、自然にしていて……わたしがするから」

やさしい目を向けて、志麻子はもう一度唇を寄せる。

ちゅっ、ちゅっとついばむように唇を押しつけた。それから、細い女の舌を出して、淳一の唇を舐める。ちろちろと躍った舌が、上と下の唇をなぞり、それから、押し入ってきた。

びっくりして戸惑う淳一の舌をとらえて、もてあそび、それから、唇を合わせて、強く押しつけてくる。

それからまた唇を離して、舌で唇や舌をあやしてくる。

すると、唇から派生したゆるやかな快感が下半身にも伝わっていき、イチモツがいっそう力を漲らせた。

それがわかったのか、志麻子はキスをしながら、右手で屹立《きつりつ》を強弱つけて握ってくれる。

(ああ、くっ……気持ち良すぎる!)

長く、しなやかな指がゆっくりと動いて、勃起を勇気づける。

「ぁあああ……!」

淳一が思わす声をあげると、志麻子はキスをおろしていった。

首すじから胸板へと、ちゅっ、ちゅっと唇を押しつける。そうしながら、イチモツをしっかりと握ってくれている。

キスがさらにおりていって、脇腹《わきばら》から臍《へそ》へと向かった。

(ああ、そろそろあそこに!)

期待感に満ちた快感が押し寄せてくる。

ついに、唇が本体にたどりついた。根元をしっかりと握り、余った部分にキスが浴びせられる。

「ぁああ、くっ……おあああ！」

淳一は吼《ほ》えていた。

もちろん、フェラチオなど生まれて初めての体験だ。

柔らかな唇が亀頭部に押し当てられる。舌が伸びて、丸みをなぞってくる。

オシッコが出る孔を舌がちろちろとくすぐってくる。

「あっ、くっ……！」

初めて経験するその甘やかで気がそぞろになるような感触が、イチモツからひろがる。

次の瞬間、勃起が温かいものに覆われていた。

ハッとして見ると、志麻子が分身を根元まで頬張っていた。信じられなかった。

自分のおチンチンが、女の口のなかにすっぽりと呑み込まれているのだ。しかも、それをしているのは、憧《あこが》れの叔母なのだ。

（夢のようだ。夢なら覚めないでほしい！）

志麻子の顔がゆっくりと上下に振られた。柔らかな唇がまったりとまとわりついてきて、いきりたったものの表面を擦《こす》られると、えも言われぬ快感がひろがってくる。

淳一は枕《まくら》を頭の下に置いて、必死にその姿を見ようとした。

枝垂《しだ》れ落ちた黒髪が揺れている。髪の間に、そそりたつ肉柱をしっかりと頬張っている志麻子の顔が見える。唇を突き出すようにして、イチモツを口におさめ、静かに唇をすべらせている。

と、志麻子が見あげてきた。

邪魔な髪をかきあげ、片側に寄せて、じっと淳一を見る。

その瞳《ひとみ》が潤んで、どこかぼぅとしていた。

ひどく艶めかしく、男をかきたててくる。これが、女が発情したときにする目なのだと思った。

志麻子がまた顔を伏せて、打ち振った。

（ああ、ダメだ。出そうだ……！）

初めてフェラチオを体験する淳一には、叔母の口唇愛撫《あいぶ》は刺激的すぎた。相手は、初恋の年上の女性なのだ。

ジーンとした快感がどんどんさしせまったものに変わってきた。

股《また》ぐらにしゃがんで、一生懸命に唇をすべらせる志麻子。そして、持ちあがったハート形の尻《しり》……。

「ぁああ、ダメです。出ちゃいます！」

思わず訴えていた。だが、志麻子はやめようとはせずに、ますます強く速く、唇をすべらせる。

ちゃんと挿入するまでは射精したくはない。だが、この快感は強烈すぎる。これに勝てる男などいやしない。

（ダメだ。ダメだ……うう、出る！）

次の瞬間、淳一は脳天が痺《しび》れるような絶頂感とともに、精液を放っていた。

3

どんなに若くても、射精をすればぐったりする。淳一が賢者の時間を味わっていると、うがいをして口をゆすいだ志麻子が戻ってきた。布団に入って、

「出しちゃったね。でも、若いんだもの。すぐに回復するわ」

上からやさしく淳一を見て、キスをしてきた。

ふっくらとして柔らかな唇を合わせせられて、唇や舌をもてあそばれると、奇跡

が起こった。

下半身のイチモツがむっくりと頭を擡《もた》げてきたのだ。

「ふふっ、すごいね。もう、大きくしてる……元気だね、やっぱり……男になるんだものね。これを、わたしのなかに欲しいわ……」

志麻子は唇へのキスをやめて、淳一の胸板を舐めはじめた。

小豆色《あずき》の乳首をちろちろと舌でくすぐり、さらに、淳一の手をあげさせて、あらわになった腋《わき》の下にも舌を走らせる。

「きみのここ、いい匂いがするわ。少し、しょっぱいけど」

そう言って、志麻子は腋毛の生えたそこをザラッ、ヌルッと舐めてくる。

恥ずかしいような、くすぐったいような、気持ちいいような不思議な気持ちだ。

それから、志麻子は脇腹へと舌を走らせる。その間も、肌を撫《な》でてくれるので淳一もどんどん気持ちが昂《たかぶ》ってくる。

「もう、こんなに……おしゃぶりしても、大丈夫そう？」

志麻子はいきりたってきた屹立を握って、訊いてくる。

「はい……もう、全然平気です」

「じゃあ、こうしようか？　シックスナインってわかる？」

「ええ、まあ、一応知っています。もちろん、経験はないですけど」

「わたしもね、あそこをきみに舐めてもらいたいの。あまりきれいなものじゃないけど、失望しないでね。それと、恥ずかしいからあまりじっと見ないでよ」

最後は羞《は》じらって、志麻子が尻を向ける形でまたがってきた。

淳一の横に両膝《りょうひざ》をついて、ぐっと背中を伸ばしながら、淳一のいきりたっているものに手を伸ばした。そこに顔を寄せて、一気に頬張ってくる。

ずりゅっ、ずりゅっと激しく唇を往復されて、淳一は快美感に呻《うめ》く。呻きながらも、目は閉じずに、目の前のものを目に焼きつける。

部屋の明かりは枕灯《ちんとう》だけになっていた。それでも、志麻子の尻が枕灯のほうを向いているので、和風の黄色い明かりが、志麻子の白いヒップと女の証《あかし》を照らしていた。

（ああ、これが志麻子さんの……！）

志麻子はきれいなものじゃないと言っていたが、そんなことはない。ふっくらとした陰唇が左右対称にひろがって、びらびらが波打っている。

そして、その中心でぬらぬらした鮭紅《さけべに》色のものが妖《あや》しいほどにぬめ光っていた。

上のほうに膣《ちつ》らしいものがあり、笹舟《ささぶね》形のその下の頂点には肉の芽のようなものがぽつんとせりだしている。

　これが、クリトリスに違いない。

　じっと見ていると、志麻子がくなっと腰をよじり、肉棹《にくさお》を吐き出して言った。

「ねえ、恥ずかしいから、あまり見ないで……」

「ああ、すみません……でも、すごくきれいですよ」

「ありがとう……きみはやさしいね。どうすればいいのかわかる？」

「一応……」

「いいのよ。好きに舐めて……舐めたいところを、舐めたいように舐めて……いいのよ。ねえ、欲しい……きみの舌が欲しい……」

　志麻子がぐっと尻を近づけてきた。

　淳一はどうしていいのかわからないまま、本能的に狭間《はざま》を舐めた。ぬるっ、ぬるっと舌がすべっていき、

「あん……！」

　志麻子がびくっとして、身体を反らした。

　淳一がつづけて狭間の粘膜に舌を走らせると、

「ぁあああ……そうよ、そう……上手よ。気持ちいい……すごく気持ちいいの

……ぁあぁぅぅ……いいのよ、好きにして」

そう言って、志麻子が淳一のイチモツにしゃぶりついてきた。途中まで咥《くわ》えて、ゆっくりと顔を打ち振る。

（ああ、気持ちいい……蕩けながら硬くなってくる！）

淳一はひろがる快感をこらえて、目の前の恥肉にしゃぶりついた。どうしていいのかわからないまま、全体を舐めあげる。左右のびらびらをチューッと吸い込むと、肉びらが丸まって口に入り込み、

「んんんっ……！」

志麻子は肉棹を頬張ったまま、がくん、がくんと腰を震わせる。

（すごい……感じてくれている！）

淳一はクリトリスらしきところに吸いついた。チューッと吸い込むと、

「ぁあああ……！」

咥えていられなくなったのか、志麻子が顔をあげて、感じている声をあげる。

「そこ、そこ、いいの……もう少し軽く……強くしなくていいのよ。そこはすごく敏感なところだから、わずかの刺激でも気持ちいいの。ああ、舐めて……」

志麻子が肉棹を握りしごきながら、誘うように腰をくねらせた。

淳一は繊毛の翳《かげ》りを感じながら、笹舟形の下のほうに舌を往復させる。ちろちろと揺らすと、確かに突起物がわかる。それを中心に舌を上下左右に走らせると、志麻子が尻をくねらせて言った。

「ぁああ、上手よ。初めてとは思えない……ぁあああ、ねえ、欲しくなったわ。きみのを入れていい……？」

「はい、もちろん！」

嬉々《きき》として答えた。

すると、志麻子がゆっくりと腰をあげ、方向転換し、向かい合う形で淳一の下腹部をまたいだ。

ちらちらと淳一を見て、蹲踞《そんきょ》の姿勢を取った。

臍を打たんばかりにいきたっているものをつかみ、角度を調節して、自分の秘部に擦りつけた。ぬるっ、ぬるっと先っぽが濡《ぬ》れ溝を往復する。

（ああ、すごい……こんなに濡れるんだな）

次の瞬間、志麻子がゆっくりと沈み込んできた。

勃起の角度や位置を調節するように腰を揺らし、ちょっと腰を落としたところで、「うっ」と呻いた。

それから、静かに沈み込んでくる。

切っ先が温かくて濡れた膣を押し広げていく感触があって、

「ぁああうぅ……！」

志麻子が顔を撥《は》ねあげた。

「くっ……！」

と、淳一も奥歯を食いしばる。そうしていないと、すぐにでも洩らしてしまいそうだ。

（すごい……これがオマ×コか……！）

最初に感じたのは、温かさだった。煮詰めたトマトみたいにとろとろしたものが、淳一の分身にからみついてくる。

まだ挿入しただけなのに、温かい粘膜がひくひくっと波打って、勃起を包み込んでくる。

志麻子がじっとしたまま言った。

「淳一くん、よかったわね。男になれて」

「はい……俺、初めてが志麻子さんで、すごく……ぁあああ、くっ……あそこがびくびくって締まってくる」

「して、よかった？」

「はい……すごく……ああ、とろとろで温かい。ぁああ、締めないでぇ！」

ぎゅ、ぎゅっと膣が収縮し、淳一はぐっと奥歯を食いしばって、暴発をこらえた。

「いいのよ。初めてなんだから、出したいときに出して……大丈夫よ。わたしは妊娠しないから」

「えっ？　そうなんですか？」

「ええ……病院でそう言われたの。だから、安心して……出していいのよ」

志麻子がゆっくりと腰を振りはじめた。

両膝をぺたんとシーツについて、上体を垂直に立てたまま、静かに腰を前後に揺する。

「ああ、くっ……！」

それだけで、淳一は射精しそうになる。

不妊症は可哀相だと思う。しかし、このまま射精してもいいのだから……。

膣の粘膜がぎゅ、ぎゅっと硬直を締めつけながら、前後に揺れる。そのたびに、イチモツが揺さぶられて、たまらなくなる。

「あっ……ぁあああ……くっ……くっ……ぁあああ、いい……気持ちいい……淳一くん、わたし、気持ちいい……きみのおチンチン、気持ちいい……」

志麻子が喘ぎながら、いっそう激しく腰を振りだした。

その『きみのおチンチン、気持ちいい』という言葉が、淳一を有頂天にさせる。

（俺は、志麻子さんを感じさせているんだ。まだ初めてなのに、志麻子さんをこんなに……！）

だが、下腹部には熱い快感がどんどん溜《た》まってきて、淳一も必死に暴発を我慢する。

志麻子がぐっと後ろに反った。

後ろに両手をつき、すらりとしているが太腿《ふともも》はむっちりとした足を大きくM字に開き、ゆっくりと腰を前後に揺する。

（ああ、すごい……！）

淳一は初めて目にする光景に目を見張った。

細長い漆黒の翳りの底に、自分のギンとしたペニスが嵌《は》まり込んでいて、志麻子が腰を突き出すたびに、それが見え隠れするのだ。

「ぁああ、あああ……いいの……」

志麻子は陶酔するような表情で、腰をしゃくりあげる。

あらわになった乳房はたわわで形がいい。しかも、乳輪も乳首も透きとおるようなピンクだ。女性器の色もそうだった。

やはり、乳首や女性器の色は年齢と関係ないのだと思った。志麻子は三十八歳なのに、こんな初々しい色なのだから。

「ぁああ、恥ずかしいわ……腰が勝手に動くの……恥ずかしいから、見ないで……ぁあああぅ」

恥ずかしいと言いながらも、志麻子の腰は反対にどんどん激しく、大きく動いた。

ぐいっとせりだしたとき、ちゅるっと肉棹が抜けて、

「あらっ、抜けちゃった……ゴメンなさい」

謝って、肉棹をつかんでふたたび招き入れる。外れたイチモツを自分で膣に入れるその仕種が、たまらなかった。

乱れた黒髪、揺れる乳房、突き出される下腹部と、淳一の硬直を咥え込んだ志麻子の膣……。

淳一は一気に押しあげられそうになって、

「ぁああ、ダメだ。出ちゃう！」

とっさに訴えた。

すると、志麻子は上体をいったん起こし、そこから前に少し屈《かが》んで、淳一を上から見ながら腰を揺すり立てた。

「いいのよ、出して……いいのよ。ぁああ、気持ちいい……志麻子も気持ちいい……イキそう。志麻子もイキそう……ぁあああぅぅぅ」

ぐいぐいぐいとつづけざまに腰を振られたとき、熱いものが一気に込みあげてきて、それがしぶいた。

「ぁあああああ……！」

吼えながら、放っていた。

すると、志麻子の体内もきゅ、きゅっと締まって、精液を搾り取ろうとする。

(ぁあああ、最高だ……！)

淳一は初恋の女性のなかに精液を放つ悦《よろこ》びを、心から味わった。

打ち終えたときは、もう自分が空っぽになったようで、ハア、ハア、ハアと荒い息をこぼすことしかできなかった。

志麻子が静かに前に倒れてきて、淳一を抱きしめてくれる。

「すごく良かったわよ」

淳一の髪をかきあげて、アーモンド形の目を向け、それから、またぎゅっと抱きついてきた。

第二章　紅葉風呂《もみじぶろ》での秘め事

1

旅行二日目、ツアー一行はホテルで朝食を摂り、少し休んでから、バスで角館に向かっていた。

淳一は不思議な気持ちだ。オーバーに言えば、昨日と世界が違って見える。童貞を卒業しただけで、こうも世界が変わるのか？

しかも、同じバスには、淳一が童貞を捧げた初恋の叔母がいるのだ。

相変わらず、志麻子の隣には人はいない。ひとりで二席を使えるから楽だろう。

今日はスカートを穿《は》いていて、憔悴《しょうすい》の見えた昨日と較べてほんの少し、顔色がよくなった気がする。

けれど、本来は隣に山城辰巳がいるはずだったのだから、寂しさは感じているはずだ。

昨夜《ゆうべ》、淳一と同衾《どうきん》したことで、少しでも寂しさが紛れたらいいのだが……。

淳一はマイクをつかんで、ツアー客のほうを向きながら、これから行く角館のガイドをする。

「角館の武家屋敷は、江戸時代に佐竹《さたけ》氏によって栄えた武家屋敷街で、今も、その美しく落ち着いた街並みから『みちのくの小京都』と呼ばれています。春には見事なしだれ桜が咲き誇り、秋には目の覚めるような紅葉が人々の目を愉しませてくれます……」

ガイドをする間、志麻子はじっとこちらを見て、うんうんと相槌《あいづち》を打ってくれるので、調子が出てきた。

『これから、私のほうでみなさまを武家屋敷に案内します。そこで、二時間の自由時間を作りますので、その間に各自、自由に昼食をお摂りください。その後、このバスは乳頭《にゅうとう》温泉郷に向かい、温泉に立ち寄ります。それから、今日の最終目的地でもある田沢《たざわ》湖へとまいります。田沢湖で紅葉を愉しんでから、田沢湖畔の旅館に入ります。みなさま、思い思いに紅葉と温泉を愉しんでください……そろそろ到着いたします。不必要な荷物などはこのバスに置いておいてくださってけっこうです……』

ちょっと固かったが、どうにか間違わずにガイドすることができて、ほっとする。志麻子の前では恥をかきたくなかった。

バスを降りて、紅葉の武家屋敷通りを散歩する間も、つねに志麻子がどこにいるか、何をしているかが気になった。

黒板塀の武家屋敷からこぼれた、ヤマモミジやイチョウの紅葉した木々が、その赤や黄色の葉を歩道に散らし、鮮やかな色の饗宴に感動してしまう。

バスに集合する時間を伝えて、解散する。

思い思いに散っていく客の背中を見送っていると、志麻子が武家屋敷の紅葉をバックにスマホで自撮りしているのが見えた。

ひとり客の撮影の手助けをするのも、添乗員の役目だ。近づいていって、

「撮ります」

声をかけると、志麻子がちらっと周囲を見た。撮ってほしいのは山々だが、周囲の目が気になるのだろう。

「大丈夫です。これも、添乗員の役目ですから」

スマホを受け取った。近くでは紅葉と志麻子をバランスよく撮れないので、道を渡って、反対側から撮影する。こうすると、鮮やかな紅葉の前でたたずむ志麻子の姿がばっちりとおさまる。数枚撮って、スマホを返した。

「ありがとう……でも、わたし、どうまわっていいのかわからないのよ」

志麻子が不安げな顔を見せる。

「では、よかったら、俺のあとをついてきてください。ここという場所を案内しますから……まずは有名な武家屋敷からですね」

淳一は前に立って歩く。

志麻子はあまり近くでは、他の客の視線があるからと遠慮しているのだろう。少し離れてついてくる。

淳一は屋敷を二軒案内して、通りを歩き、美味《おい》しいレストランに入る。

志麻子も同じレストランに入ってきたが、少し離れたところに席を取る。

添乗員である淳一がひとりのツアー客と親しくすると、『あの添乗員、美人だからと言って、あの人ばっかり。おかしいんじゃないの』と、淳一が非難の目にさらされるのを恐れているのだろう。

妙な気持ちだ。昨夜、童貞を捧げた女性とこうして距離を取っているのは。

(二人だけの旅だったら、同席で食事も摂れるのに……)

だが、これは仕事なのだ。むしろ、添乗員をしている最中に、叔母を抱くということ自体が特殊なのだ。

志麻子の美しい横顔に見とれながら、食べた比内地鶏《ひないじどり》の卵とじと稲庭《いなにわ》うどんはひときわ美味しかった。

バスに集合した一行は、乳頭温泉郷に到着して、そのうちのひとつの大釜《おおがま》温泉に立ち寄る。

木造の校舎を旅館に改築したものだが、今日は泊まらずに、立ち寄り湯だけだ。淳一はお湯につからずに、待合室で待機する。

以前に一度入ったことがある。雪景色のなかの半露天風呂につかったのだが、とても熱かったのを覚えている。淳一は熱いお湯が苦手だ。苦手なものをツアー客に勧めるのはどうか、とも思うが、これはあらかじめ決まっていたことだからしょうがない。

たっぷりと時間を取って立ち寄り湯を愉しんだ一行は、そこから、山道を走って田沢湖に到着した。

日本一深く、神秘的な田沢湖の南側にひろがる『抱返り渓谷』のブナやカエデの色づいた原生林を満喫して、田沢湖畔に建つホテルにチェックインした。

三十名ほどの客にそれぞれの部屋番号の鍵《かぎ》を渡し、また、今夜の食事の場所と時間、明日の出発の時間などをコピーしたものを、全員に配る。

湖畔に建つこのホテルはとくに温泉が有名で、大浴場の他に貸し切り露天も充実している。

客が散ったあとで、志麻子が近づいてきた。

「あの……じつは、この貸し切り風呂の予約をしてあるんです。ひとりで入るのは不安なので、よろしかったら一緒に入っていただきたいんですが……」

小声で言う。

「……いいですよ。時間は？」

淳一はわくわくしながら言う。

「夜の九時から十時ですが」

「わかりました。その前にでもまた連絡をください。その時間なら、もう添乗員の業務は終わっていますので」

「では、電話をしますね」

そう言って、志麻子はキャリーバッグを引っ張って、エレベーターに消えた。

2

一行が揃《そろ》っての夕食を終え、淳一もそのあとで添乗員用の夕食を摂った。

夜の九時から貸し切り風呂が取ってあるというから、まだ時間がある。業務日誌をつけて、明日の段取りを考えていると、ケータイに電話がかかってきた。

志麻子からで、先に入っていてください、と言う。

淳一は急いで、貸し切り風呂『モミジの湯』に向かう。

札を引っくり返して入浴中にし、脱衣所で服を脱ぐ。

裸になって、洗い場に出た。

周囲をぐるりと囲まれた岩風呂で、周囲には黄色と赤に色づいた木々が繁《しげ》っており、岩風呂にも赤く染まったモミジが植えられ、それを石灯籠《いしどうろう》の明かりが照らしている。

（いい露天風呂じゃないか……）

カランでかけ湯をし、先にお湯につかった。

こういうのをモミジ風呂と言うのだろう、透明なお湯の表面に小さな手のような赤いモミジが十枚ほど浮かんでいる。

（夢みたいだ。志麻子さんとモミジ風呂に入れるなんて……）

早くも反応をはじめた股間を感じながら、お湯につかっていると、脱衣所の戸が開いて、志麻子が入っていた。

（ああ……すごい！）

髪を結った志麻子は、タオルで胸を手で股間を隠している。

それでも、ミルクを溶かし込んだような色白の肌が灯籠の明かりに浮かびあがり、隠しきれない乳房のふくらみがのぞいている。もう少しで、乳首まで見えそうだ。

適度に肉がついているが、ウエストがきゅっとくびれていて、横から見ても後ろから見ても、その乳房の張りや尻の豊かさが伝わってくる。

「ゴメンなさい、遅くなってしまって……」

志麻子は淳一を見てはにかみ、それから、カランの前にしゃがんで、かけ湯をはじめた。

木の桶《おけ》に湯を溜めて、肩にかける。

すると、透明なお湯がそのきめ細かい肌を濡らし、肌がいっそう艶《つや》やかになる。

志麻子は膝を立てて股間を隠し、下を素早く洗い、立ちあがった。

タオルで胸を隠しながら、岩風呂に足から入ってきた。その際、むっちりとした太腿の奥に、細長く処理された漆黒の翳りが見えた。

「そちらに行っていい？」

「もちろん……うれしいです」

志麻子は淳一の隣に腰をおろしながら、タオルを湯船の縁に置いた。

淳一のすぐ隣に身体を沈めて、手でお湯を肩口にかける。その仕種がとてもセクシーで、しかも、お湯から乳房が出てしまい、その圧倒的なふくらみとピンクの乳首に視線が釘付《くぎづ》けにされる。

「ゴメンなさいね。つきあわせてしまって……じつは、山城さんが二人で貸し切り風呂に入りたいからと、あらかじめここを予約してしまったの。だから……」

「……ほんとうは、俺なんかとじゃなくて、山城さんと入りたかったんでしょうね」

淳一は余計なことを言ってしまい、しまったと思った。

「……いいのよ。彼は仕事だから、しょうがないわ……そんなことより、きみがいてくれて、よかった。淳一くんのお蔭《かげ》で寂しくなくなった。ありがとうね」

やさしく言って、志麻子が淳一の肩に顔を預けてきた。

(ああ、これは……！)

心臓が高鳴った。そして、股間のものが一気に頭を擡げてくる。

「山の紅葉がきれいね……来て、よかったわ」

志麻子がすぐ隣で、遠くを眺める。

「はい……ほんと、この時期は最高に色づいていますから。いいタイミングだったと思います」

そう返しながらも、淳一は胸のドキドキが強くなり、こういうとき、男はどうしたらいいいんだろう？　と頭を悩ませる。

「そうか……そこのモミジがお湯に散っているのね」

志麻子がお湯に浮かんだモミジを見て言う。

「はい……モミジ風呂です。夢みたいです。俺、まさか志麻子さんとモミジ風呂につかれるなんて……」

「わたしも、とっても幸せよ」

そう言って、志麻子がお湯に浮かんでいるモミジを手ですくった。両手のなかの小さなお湯の塊に一葉の赤いモミジが浮かんでいる。

「きれい……」

志麻子がうっとりとして言う。

「はい……きれいです」

「ほら、こうして……」

志麻子は一葉のモミジを、淳一の肩に貼《は》りつけて、

「ふふっ、いい感じ」

やんわりと微笑《ほほえ》む。

「こうしたほうが、このモミジはきっと幸せです」

淳一は肩についたモミジをつかみ、志麻子の胸のふくらみのスロープにそっと置いた。

お湯から出た色白の乳房の途中に、燃えるように赤い、小さなモミジが貼りついて、その色の対比が一枚の絵のように美しい。

「ふふっ……こうしたほうがいいかも」

志麻子は悪戯《いたずら》っ子のように笑って、一葉のモミジを乳首に貼りつけようとする。

だが、乳首が突起しているので、ぽろりと落ちて、お湯に浮かんだ。

「ダメだったわ……」

志麻子が顔を寄せてきた。

あっと思ったときは、キスされていた。

柔らかな唇、甘い吐息、潤んだ舌……。

「ありがとう……きみには感謝しているの。これは、そのお礼……」

いったんキスをやめてそう言い、志麻子は手をお湯に潜らせる。その指がお湯のなかでいきりたつものをそっと握ってきた。

すでにカチンカチンになっている屹立の感触を確かめるように、ゆったりとしごきながら、唇を重ねてくる。

淳一のなかで悦びが爆発した。

キスされて、分身をしごかれると、心がとろとろに蕩けていく。そして、分身だけが志麻子の手のひらのなかで、いきりたつ。

志麻子はキスをやめて、

「そこに座って」

と、湯船の縁の平たい岩を指した。

(何をしてくれるんだろう？　ひょっとして……)

淳一は期待に胸ふくらませて、縁に腰かけた。すると、志麻子はその前にしゃがんで、そそりたっているものを握り、ゆるゆるとしごきながら見あげてくる。

無色透明なお湯から、仄かにピンクに染まった乳房と乳首が出ている。

「お礼ね」

そう言って、志麻子が顔を寄せてきた。

上からちろちろと舌を使って、亀頭部の丸みをくすぐってくる。

「あっ、おっ……くっ……！」

くすぐったさが快感に変わって、淳一は天を仰ぐ。

夜空には、東京で見るよりずっと近くに見える満天の星が煌《きら》めいていて、中空にはほぼ満月がかかっている。

だが、そう長くは鑑賞できなかった。

途中まで頬張られ、ゆったりと唇をすべらされると、抗しがたい甘い歓喜がひろがってきて、目を開けていられなくなった。

（ああ、気持ちいい……！）

下半身が溶けながら充実していく。

何度も往復させて、志麻子はちゅるっと吐き出した。

そして、いきりたつものを腹に押しつけながら、裏のほうを舐めあげてきた。

ツーッ、ツーッと舌が這《は》いあがってきて、甘い戦慄が駆け抜けていく。

気配を感じて見ると、志麻子も下から見あげていた。

舌を横揺れさせながら、愛撫の効果を推し量るように淳一を見あげ、目が合うとふっと微笑み、ぐっと姿勢を低くした。

信じられなかった。

愛する叔母が、自分のキンタマを舐めているのだ。

顔を横向けて、睾丸《こうがん》袋に舌を這わせる。その姿勢で、またちらりと淳一を見た。まるで、どう気持ちいい？　と訊いているように見えて、

「気持ちいいです。志麻子さん、気持ちいいです……」

淳一は答える。

志麻子はよかったとでも言うように目を細め、もっとできるわよとばかりに、睾丸の皺《しわ》のひとつひとつを伸ばすように丹念に舐めてくる。

その間も、右手で茎胴を握り、時々しごいてくれる。

(志麻子さんのような人が、俺ごときのキンタマを舐めてはいけない……！)

そう思ったのも束《つか》の間で、すぐにくすぐったいような快美感に我を忘れた。

志麻子は睾丸から裏筋を舐めてあげてきた。

ツーッ、ツーッと何度も舌を走らせ、それから、亀頭冠の真裏を集中的に舌で刺激してくる。

亀頭冠の裏側、裏筋の発着点がこんなに敏感なところだったとは……。

「ぁあああ、くっ……ああああ！」

見ていられなくなって、天を仰いだ。

満天の星が快感で滲んで見える。目を開けていられなくなって、目を閉じる。

こうすると、いっそう舌の感触が伝わってきて、快感が高まる。

だが、すぐに志麻子の姿を見たくなって、下を見る。

と、志麻子が上から頰張ってきた。

ぷるっとした唇をひろげながら、途中まで咥え込んでくる。そのとき、勃起に何かがねっとりとからみついてきた。

（ひょっとして舌か？　そうだ。志麻子さん、咥えながら、舌をからませているんだ……！）

よく動く肉片が下のほうを刺激してきて、ぐんと快感が高まる。

志麻子がゆっくりと顔を振りはじめた。

左右の頰が大きく凹んでいるのは、それだけ勃起を強烈に吸い込んでいるからだろう。

(すごい……ぁあああ、気持ち良すぎる！)

ふっくらした唇が勃起の表面をすべっていき、その適度な締めつけと吸引が、淳一を夢見心地にさせる。

放ちそうになるのを必死に我慢して、前を向く。

星空の下に、黄色や赤に染まった森が見える。露天風呂の際に生えた真っ赤なモミジが、石灯籠の明かりを下から受けて、妖しいほど幻想的に燃えている。

そして、下腹部からうねりあがってくる快感――。

「ああ、ダメです。出ちゃいます！」

思わず訴えると、志麻子はちゅるっと吐き出した。

「淳一くん、体が冷えちゃうわね。お湯につかって」

言われるままに、淳一は背中を側面につけて、お湯に体を沈める。

すると、志麻子がその前に立った。

すごい光景だった。

色白の裸身を桜色に染めた志麻子が、上から見おろしてくる。

うつむいた顔、乳房を持ちあげた下側の充実したふくらみ……。そして、モズクのように濡れた黒い繊毛から水滴がしたたっている。

志麻子が上から見つめながら、ゆっくりと腰を落とした。

お湯のなかでいきりたつものを導き、蹲踞の姿勢で沈み込んでくる。と、分身がお湯より温かいと感じるなかに潜り込んでいき、

「ぁあああ……！」

志麻子が艶めかしく喘いで、淳一の肩につかまった。

信じられないことに、温泉のなかで淳一のものは志麻子の体内におさまっているのだった。

「どう……？」

志麻子が訊いてきた。

「……すごいです。こんなの初めてです。夢みたいだ」

「ふふっ、夢じゃないわよ。これは、現実なの……ほら、こうすると……」

肩につかまったまま、志麻子が動きはじめた。

腰から下が前後に揺れて、水面が波打ち、熱いと感じるほどの膣がぐいぐいと締めつけてくる。

「ぁああ、くっ……気持ちいいです」

訴えると、志麻子がキスをしてきた。

顔を傾けて、淳一の唇を奪い、ねっとりとした舌で唇や口腔《こうこう》をちろちろしながら、腰は動きつづける。

上と下が両方気持ち良くて、淳一はただただ、そのもたらされる快感に酔いしれる。

「ぁあああ、すごく、いい……おかしくなりそう」

志麻子は唇を離して、喘ぐように言い、ぎゅっと抱きついてきた。

「ああ、志麻子さん……」

淳一も柔らかくて、濡れた叔母を抱きしめる。

大きな乳房のしなりを感じる。いきりたっているものを、叔母の膣がぎゅっ、ぎゅっと締めつけてくる。

志麻子の濡れた肩の向こうに、満月が見えた。

「ねえ、オッパイをかわいがって……」

耳元で志麻子の声がする。

志麻子がのけぞったので、距離ができて、淳一は胸のふくらみにしゃぶりついた。

柔らかなふくらみを揉《も》みあげて、頂上を舐める。

硬い乳首は乳輪からそそりたち、その円柱形の突起を上下に舐め、左右に舌で弾《はじ》いた。

「ぁああ、あああぁ……いい……気持ちいい……上手よ。淳一くん、すごく上手……ねえ、今度は吸って……」

志麻子の喘ぐような声と息づかいが、淳一をかきたてる。

チューッと思い切り吸うと、

「ぁあああぁ……おかしくなるぅ」

のけぞって言って、志麻子がそうせずにはいられないといった様子で、腰を振り立ててくる。

勃起を粘膜で揉み抜かれ、淳一は放ちそうになって、ぐっとこらえる。

必死にこらえて、乳首をチュ、チュッとリズミカルに吸い、柔らかな乳房を揉みしだいた。

「あっ……あっ……あああぅぅぅ……！」

志麻子はのけぞりながら、腰を前後に振って、擦りつけてくる。

もっと腰を振りたいのに、体が邪魔になって思う存分に振れないのか、もどか

しそうにしていたが、

「ねえ、後ろからして……」

志麻子は立ちあがって、湯船の縁に両手をつき、腰を突き出してきた。

お湯には、赤いモミジと黄色い満月が浮かび、それをまたぐようにして、志麻子が尻を突き出している。

白いヒップが月明かりを反射して、妖しいほどにぬめ光っている。

エロかった。

しかし、淳一はバックからした経験がない。

（上手くできるんだろうか？）

不安に思いつつも、おずおずと屹立を尻の狭間へと押しつけた。

（どこだ？　このへんか？　もう少し下か？）

さがしながら窪地《くぼち》を見つけて、強く押しつけると、

「ふふっ……そこはお尻の孔……もう少し下……ここ」

志麻子が後ろに手を伸ばして、おチンチンを誘導してくれる。

（そうか、ここでいいんだな……）

こうしたほうがいいだろうと腰をつかみ寄せて、ゆっくりと腰を入れると、切

っ先が狭い箇所を突破していく確かな感触があって、

「ぁあああぅぅ……！」

志麻子が喘ぎを押し殺して、顔をのけぞらせた。

（ああ、すごい……キツキツだ！）

さっきより、膣が狭く感じる。きっと、立ちバックだとあそこが締まるのだろう。

おチンチンをとらえてくる感触がたまらない。しかし、マズいこともあった。

窮屈なぶん、すぐに射精してしまいそうになるのだ。

じっとしていると、焦《じ》れたのか、志麻子が自分から腰を振りはじめた。両手で縁につかまりながら、ゆっくりと腰を前後に移動させる。

「ぁああ、ダメ……出します！」

窮状を訴えた。だが、志麻子は容赦なく腰を躍らせる。

「いいのよ、出しても……いいのよ。ぁああ、止まらないの……腰が勝手に動く……あんっ、あんっ、あんっ……」

激しく尻をぶつけられ、淳一は一気に追い込まれる。

（もっと、志麻子さんを感じさせたいのに……自分でピストンして、イカせたいのに……）

だが、つづけざまに尻をぶつけられると、射精前に感じるあの逼迫《ひっぱく》感が押し寄せてきた。

「ぁああ、ダメだ……出ます……出るぅ……うおおぉぉ！」

最後は月に向かって吼えながら、熱い男液をしぶかせていた。

3

淳一は志麻子の部屋に来ていた。

志麻子が部屋に誘ってくれたのは、きっと露天風呂で満足していないからだろう。いまだ、身体のなかにもやもやしたものが残っているのだ。

二人は広縁にある一対のひとり用のソファ椅子に座って、志麻子が出してくれたビールを呑んでいる。

結っていた髪を解いた志麻子は湯上がりのせいか、肌がつやつやで、血行もよくなって、顔色もいい。

浴衣に半纏をはおり、足を組んで、缶ビールを呑む志麻子は、むっちりした太腿も時々のぞいて、むんむんとした熟女の色気に満ちていた。

こんな色っぽい女性を前にしたら、どんな男だってその気になってしまうだろう。山城辰巳が不倫に走った気持ちが今はわかりすぎるほどわかる。

湖畔のホテルで、ここは六階なので、窓からは田沢湖が見える。

日本一深い湖は満月に照らされて、静かな水面のところどころがきらきらと光っていた。景色を眺めていた志麻子が、こちらを向いて言った。

「明日には、もう離ればなれになるのね」

「ええ……でも……」

「でも？」

「いえ、いいんです……」

「もう一回しようか？　まだ、できそう？」

志麻子が唐突に言って、じっと淳一を見た。

「も、もちろん……！」

「じゃあ、来て、ここに……」

淳一はふらふらと立ちあがって、近づいていく。

「しゃがんで……」

「はい……」

淳一は前に膝をつく。

「昨日、シックスナインをしたから、クンニもできるわね？」

「一応……でも、きっと下手ですよ」

「いいのよ。好きなようにして……ここを舐めればいいんだから」

志麻子がゆっくりと片足をあげて、肘掛《ひじか》けにかけた。モミジ柄の浴衣の前がはだけて、むっちりとした太腿がこぼれる。仄白い太腿はおろか、付け根の漆黒の翳りさえ見えている。

「こうしたら、舐めやすくなるわね」

志麻子が翳りの底に左右の指を添えて、ぐっと開いた。

左右の肉びらがひろがって、鮭紅色にぬめる内部がぬっと現れた。

濃いピンクの粘膜が開いている。しかも、内側に行くにつれて濡れが増して、底のほうには透明な蜜《みつ》が溜まっていた。

「見える？」

「はい……はっきり」

「そこを舐めて……いいのよ。あああ、早く……女に恥をかかせないで」

淳一は顔を寄せ、肉びらの狭間をいっぱいに出した舌でなぞりあげた。わずかに酸味の感じられる味覚とともに、ぬるぬるっと舌がすべっていく感触があって、

「ぁあああうぅぅ……」

志麻子が抑えきれないといったように喘いだ。

(そうか、志麻子さんは俺が考えていたより、ずっと大胆で、エッチだったんだ……！)

叔母の想像以上の貪欲《どんよく》さに驚きながらも、ひどく昂奮《こうふん》していた。

淳一は無我夢中で狭間を舐める。

「ぁああああ、あああ……気持ちいいわ。淳一くんの舌、すごく気持ちいい……ぁあああうぅ」

悩ましく喘ぎながらも、志麻子は左右の指で肉びらをひろげつづけている。

露出しきった狭間に舌を走らせると、

「ねえ、クリちゃんも舐めて……そうよ、そこよ……ぁあああ、気持ちいい。気持ちいい……そう、もっと……細かく……そうよ、力を入れなくていいのよ。ぁあああ、そう……気持ちいい……気持ちいい……ぁああうぅぅ」

聞いているほうがおかしくなるような喘ぎが高まって、淳一は指示されるまま

に陰核を舌で刺激する。

上下に舐めたり、左右に弾いたり、かるく吸ったりする。それを繰り返しているうちに、志麻子の身体が痙攣《けいれん》をはじめた。

「上手よ、上手……ぁあああ、我慢できない。これが欲しい」

志麻子が肘掛けから足を外し、目の前に立つ淳一の浴衣をはしょって、腰紐《こしひも》に留めた。

そそりたっているものに顔を寄せてくる。

ソファ椅子から身を乗り出すようにして、腰を屈め、いきりたちの根元を握りしごきながら、余った部分に唇をかぶせた。

「んっ、んっ、んっ……」

つづけざまに頰張られると、蕩けるような快美感がひろがってきて、同時に、これを志麻子のなかに入れたくなった。

「また……出ちゃいます！」

訴えると、志麻子はちゅるっと吐き出して、立ちあがった。

淳一を連れて、和室に敷かれてある布団に座り、半帯を解いて、自ら仰向けになり、

「いいわよ。わたしを好きなようにして……」

アーモンド形の目で見あげてくる。

期待感と不安を抱きながらも、淳一は挑みかかっていく。

モミジ柄の浴衣をおろして、もろ肌脱ぎにさせる。こぼれでた乳房は圧倒的な存在感を示して、抜けるような色白の乳肌から青い血管が網のように走り、ふくらみの頂上では、濃いピンクの乳首がしこり勃《た》っている。

「ぁああ、志麻子さん……！」

名前を呼んで、胸のふくらみに顔を埋めた。

柔らかな肉層を感じながら、乳首を舌でいじる。いろいろと教わって、乳首の舐め方はだいたいわかってきた。

それに、志麻子は乳首の感度がとてもいい。

上下左右に転がし、もう一方の乳房を揉みしだいた。

それをつづけるうちに、もう我慢できないとでも言うように、志麻子の下半身が揺れはじめた。

快感の高まりそのままに、ゆっくりと腰をせりあげ、ブリッジするみたいに尻を浮かせた。それから、シーツに落とし、尻を擦りつけるように左右にくねらせる。

浴衣の前がはだけて、むっちりとした太腿がのぞき、それが内側によじれ、反対にがに股になる。

その間も、浴衣が張りつく恥丘のふくらみが絶えずせりあがっている。

（もう、我慢できない！）

淳一は足の間に腰を入れて、両膝をすくいあげた。

尻があがって、双臀《そうでん》の間に女の渓谷が見えた。

そこはぱっくりと割れて、鮭紅色の深い渓谷をのぞかせている。両側には左右対称の肉びらが波打ちながらひろがっている。そして、内部からはじゅくじゅくと透明な蜜があふれだしていた。

笹舟形の下のほうに小さな窪みのようなものがある。ここが勃起を入れる孔だ。

片足から手を離して、その手で屹立を導いた。よく見て、膣の位置をさぐった。押し当てると、

「そう……そこでいいのよ。そのまま、来て……」

志麻子が下から見あげて、うなずいた。

意を強くして、淳一は慎重に腰を入れる。突先が窮屈な入口を押し広げていく

感触があって、あとはぬるぬるっとすべり込んでいき、

「ぁああぁ、入ってきた」

志麻子の言葉が重なってくる。

「おおおっ、ぁああああ……くっ……」

淳一は唸りながら、奥歯を食いしばる。そうしないと、あっと言う間に放ってしまいそうだった。それほど、叔母の体内は熱く、柔らかく波打ちながら、屹立をホールドしてくる。

この体位だと、志麻子のなかを如実に感じる。入口の締めつけ、途中のざわざわしたうねり、奥のほうのふくらみ……。

そのすべてが、淳一を有頂天にさせる。

「来て……ぎゅっと抱いて」

志麻子が両手を差し出し、とろんとした目で淳一を誘った。

膝を離して、覆いかぶさっていく。

と、志麻子がキスをしてきた。折り重なった淳一を抱き寄せて、唇を合わせ、舌をねっとりとからめてくる。

その間も、膣がびくびくっと締まって、淳一のイチモツを歓喜させる。

情熱的なキスと膣の締めつけで、淳一の身も心も蕩けていく。しかし、今度こそは志麻子をイカせたい。

自分からキスをやめて、両腕を立てた。

腕立て伏せの格好で、志麻子の顔を見ながら腰をつかった。

「あんっ、あんっ、あんっ……」

志麻子は両足を大きくM字に開いて、屹立を深いところに導き入れ、淳一の両腕をつかんで、下から見あげてくる。

必死に目を合わせようとしているその気持ちが伝わってきて、淳一はますます志麻子を好きになってしまう。

無我夢中で腰を叩《たた》きつけた。

「あんっ……あんっ……ぁあぁう……すごい。奥まで届いてる……すごい、すごい……あんっ、あんっ……奥がいいの。奥を突かれるのが好きなの……あっ、あっ……ぁあああ、響いてくる。きみのがお臍まで届いてる」

志麻子が目を見ながら言うので、淳一はたまらなくなった。

すっきりした眉《まゆ》を八の字に折って、今にも泣きだしそうな顔を見せ、顎《あご》をせりあげる憧れの叔母——。

このままフィニッシュまで持っていきたかった。

だが……。ひと擦りするたびに、あの逼迫感がふくれあがってくる。

(ダメだ。これではまた同じことの繰り返しだ。我慢だ、我慢……だけど……ああああ)

射精しそうになって、淳一はとっさに動きを止めた。

逼迫感がおさまるのを待っていると、志麻子が言った。

「淳一くん、上になっていい?」

「あ、はい……もちろん……」

答えると、志麻子は下から出て、淳一を仰向けに寝かせた。浴衣を脱いで、一糸まとわぬ姿で、尻を向ける形で下腹部にまたがってきた。

淳一には、志麻子の後ろ姿が見える。髪が散った肩と背中、きゅっとくびれた細腰から急峻《きゅうしゅん》にひろがっている充実したヒップ……。

4

志麻子が屹立を後ろ手に導いて、静かに腰を沈めてきた。

蜜まみれの肉の柱が尻の底に嵌まり込んでいって、姿を消し、

「ぁあああ……！」

志麻子がのけぞって、顔を撥ねあげた。

それから、やや前傾した姿勢で、ゆっくりと尻を前後に揺らす。すると、肉棹が出たり入ったりして、ジュブ、ジュブっと体内を犯し、

「ぁあああ、あああ……気持ちいい……気持ちいい……」

志麻子が濡れ溝を擦りつけてくる。

（すごい……後ろから見ると、尻のもこもこした動きが卑猥《ひわい》だ……！）

淳一は昂奮する。

と、志麻子がゆっくりと前に屈んだ。

（ああ、このほうがよく見える……！　挿入部分も、ケツの孔まで見えてるじゃないか！）

もっとよく見ようと、枕を頭の下に置いて、じっくりと観察する。

そのとき、つるっとした感触が足を襲った。

（こ、これは……！）

横から見ると、志麻子が細く長い女の舌をいっぱいに出して、淳一の向こう脛《ずね》

を舐めているのだった。

（こ、こんなことができるのか……！）

何度確かめても、事実だった。

志麻子はバックの騎乗位でイチモツと膣で繋《つな》がりながらも、ぐっと上体を前に折って、淳一の足をつるっ、つるっと舐めてくれているのだった。

（ああ、気持ちいい……！）

敏感な箇所をなめらかな舌が這っていくと、ぞくぞくっとした快感が流れ、皮膚がざわつく。

志麻子が前後に動くたびに、下を向いた豊かな乳房も太腿に触れて、時々、硬い乳首が当たる。

それだけではない。志麻子が向こう脛を舐めるたびに、身体も前後に動いて、とろとろの膣が勃起を摩擦してくるのだ。

「ぁあああ……ぁあああああ、志麻子さん、気持ち良すぎる……天国です。ぁあああ、気持ち良すぎる！」

思わず言うと、志麻子はこんなこともできるわよ、とばかりに脛から足首、足の甲から足指へと舌を這わせるのだ。

そうすると、尻も少し持ちあがって、イチモツがすっぽりと嵌まり込んでいる様子と、アヌスのひくつきまではっきりと見えるのだ。

しかも、これをしてくれているのは、初恋の女なのだ。

志麻子には、自分のアヌスも膣も淳一に丸見えになっていることがわかっているはずだ。それをわかっていてもなお、こんな恥ずかしいことをしてくれる叔母がますます好きになった。

志麻子が上体を起こした。

それから、結合地点を軸にして、時計回りにゆっくりとまわって、少しずつ移動し、最後は向かい合う形になって動きを止めた。

(すごい……こんなこともできるんだ……!)

淳一が驚いている間にも、志麻子は膝を立てた。

そして、腰を縦に振りはじめた。

蹲踞の姿勢になって、まるでスクワットをするように、尻を持ちあげ、落とし込んでくる。それを繰り返して、

「んっ……あっ、あっ、あんっ……」

淳一を見ながら、喘ぎをスタッカートさせる。

志麻子が生まれたままの姿で、自分の上で激しく動いている。乳房が上下に波打ち、髪も乱れる。濡れた肉柱に襲うように膣が覆いかぶさってくる。

下まで腰を落としたところで、志麻子は腰を前後左右に振って、濡れ溝を擦りつけてくる。ついには、大きくグラインドさせて、

「ぁああ……あああああ、止まらない。恥ずかしいのに、止められない……ぁああ、見ないで……恥ずかしいところを見ないで！」

顔をのけぞらせながら言う。

分身を揉みくちゃにされて、淳一にも限界が近づいてきた。だが、このままでは、志麻子はイキそうにもない。

やはり、最後は志麻子をしっかりと昇天させたい。

「し、志麻子さん。やっぱり、最後は俺が動きたいんです……志麻子さんをイカせたいんです。どうすればいいか、教えてください」

訴えた。すると、志麻子はうなずいて、淳一と入れ替わりに布団に仰向けに寝た。

「来て……上から。膝を持って、すくいあげて……そう。そのまま、ぐっと開い

て押さえつけて……そうよ。そう……そのまま突いて……」

淳一は指示されるままに、両膝の裏をつかんですくいあげ、屹立を押し込んだ。

そして、膝の裏をぐっと押さえつける。

志麻子のすらりとしているが、太腿はむっちりしている足がM字にひろがって、膝が腹に押しつけられる。

こうすると、翳りや挿入部分がはっきりと見えた。

膝裏をつかむ手に体重を載せ、ぐっと前屈みになって、腰を叩きつけた。

「ぁあああ、そうよ、そう……届いてる。きみのが奥にしっかり届いてるのよ……ぁあああ、ズンズンくる。響いてくる。頭まで響いてくる……ぁあああ、お腹が揺れる。揺れてる！　ぁあああああうぅぅ」

志麻子が見あげてくる。

目が潤んで、泣いているようだった。時々、苦しそうに唇を嚙み、淳一が突くと、「あっ」と唇がほどける。

志麻子の様子がこれまでとは違っているように見えた。

（きっと、イクんだな……もう少しだ、もう少しで……！）

淳一は射精しそうになるのを必死にこらえて、打ち込んだ。

奥に入っていることがわかる。奥のほうの扁桃腺《へんとうせん》みたいなふくらみが亀頭部に押されて、そこをぐりぐりすると、柔らかく包み込んでくる。

奥歯を食いしばって、突いた。途中で、これは打ちおろしながらも、途中からしゃくりあげるようにすると、自分が気持ちいいのだということがわかった。

それをつづけていると、

「ああ、そうよ、これ、好き……これ、好き……どうして、わかったの？」

「……ただ、直観でこうしたら気持ちいいかなと」

「すごいわね。淳一くん、成長したら女泣かせの色男になるかもしれないわね……ぁあああああ、ねえ、イキそうなの……イカせて……このままつづけてくれればイクから……」

志麻子が下から潤みきった瞳を向けてくる。

「はい、はい……うおおおっ！」

淳一は射精を覚悟して、しゃにむに突いた。

膝の裏をつかむ指に自然に力がこもり、ストロークに力が入る。

「ぁあああ、気持ちいいです……イッてください。志麻子さん、イッてください」

うながしながら、つづけざまに突きまくった。

「あんっ、あんっ、あんっ……ぁああ、そうよ、そう……ぁあああ、ああああああ……イキそう。イク、イク、イキます！」

「おおおぅぅ……！」

淳一が最後の力を振り絞ったとき、

「……イクぅ……やぁあああああああああぁぁぁぁぁぁ！」

志麻子が部屋中に響きわたるような嬌声《きょうせい》を放ち、のけぞり返った。

真っ白な喉元をさらして、がくん、がくんと躍りあがっている。

膣がぎゅ、ぎゅっと締まって、次の瞬間、淳一も放っていた。

自分は、憧れの叔母のなかに出しているのだ。しかも、叔母はイッているのだ――。

これ以上の至福があるとは思えなかった。

打ち尽くして、淳一はがっくりと覆いかぶさっていく。

志麻子の肌が絶頂の余韻で、時々、びくびくっと震えている。その痙攣を感じたとき、

（俺はほんとうに志麻子さんをイカせたんだ）

うれしい実感が湧《わ》いてきた。

しかし、あまり長時間重なっていても、志麻子が重いだろうと、すぐ隣にごろんと横になる。

すると、志麻子がにじり寄ってきた。

「ちゃんとイケたのよ……すごいね、まだ男になって二度目で、女をイカせるなんて……」

肩口に顔を乗せて言う。

「いえ、志麻子さんのお蔭です。すごく、幸せでした」

「ふふっ……」

志麻子は胸板に顔を寄せて、ちゅっ、ちゅっと乳首にキスをし、胸板を慈しむようになぞってくる。

（ああ、男と女って、こんな気持ちいいことをしてるんだな）

黒髪を撫でると、志麻子が顔をあげて、ふっと微笑んだ。

第三章　京都の未亡人

1

ツアーから帰って、二日後に淳一は志麻子と連絡を取った。

また、逢いたかった。そして、あの素晴らしい肉体を抱きたかった。

昼間にケータイに電話をすると、しばらくして志麻子が出た。

「ああ、淳一です」

『淳一くんね。先日はいろいろとお世話になりました、きみのお蔭で、素晴らしい旅行になったわ。ありがとう』

志麻子が電話の向こうで、そう言ってくれたので、うれしかった。

「あの……近々、また逢えないでしょうか？」

淳一は単刀直入に切り出した。

『……逢うって？』

「えっ……？」

淳一は戸惑った。いきなり、志麻子の声が冷たくなったからだ。

「あの……逢って、ですね……」

『淳一くん、勘違いしているんじゃないの』

「どういうことですか？」

『……あれは、ツアーの間だけのことなのよ。そして、ツアーはもう終わったの』

頭がガーンとした。

淳一は、旅行のあともまた二人で逢って、志麻子を抱かせてもらえるものだと、勝手に思い込んでいた。

（だって、あんなに……！）

最後には昇りつめていった叔母の表情や声を、今もはっきりと覚えている。

ケータイを通した志麻子の声が、耳元で響いた。

『勘違いさせたとしたら、ゴメンなさい……そうよね。きみだって、そう期待するよね？　わたしも正直あのときは、すごくきみが愛《いと》おしかった。でも……』

ちょっと間を置いて、志麻子が言った。

『家に帰れば、夫がいるの。それだけじゃない、わたしには山城さんもいるの。

わたしは夫がいながら、元上司と不倫している女よ。こんな女に嵌まったらダメ……だから、もう逢わないことにしましょう』

志麻子の声が、淳一を苛立《いらだ》たせた。

「だったら、なぜ抱いてくれたんですか？　男にしてくれたんですか？　しかも、二度も……一度だけだったら、俺だって、あれは過ちだったんだって片づけられます。でも、その翌日も……そんなこと言うなら、しなきゃよかったんだ」

ついつい、苛立ちをぶつけてしまっていた。

しばらく、沈黙がつづいて、

『ゴメンなさい、あのとき、すごく寂しかったから……そうね、きみの言うとおりだわね……ゴメンなさい、あの二晩のことは謝ります。なかったことにしましょう』

「いやです。またあなたを抱きたいです」

『いい、よく聞いて……決定的なことは、あなたはわたしの甥だってこと。わたしは、きみのお母さんの妹なのよ。姉さんと逢うたびに、きみのことを思い出してしまう。わたし、どんな顔をして、姉さんと逢えばいいの？』

そう言われると、返す言葉がなかった。

『淳一くんに相応《ふさわ》しい恋人を作って……大丈夫よ。きみなら、すぐにできる。それはわたしが保証する。だから、お願い……わたしもつらいの』

「……………」

淳一は、『だったら、不倫旅行しようとしていたことを、叔父さんに話すからね』と出かかった言葉を呑み込んだ。

それを言ったら、終わりだ。二晩もつきあって、自分を男にしてくれた叔母を裏切ることになる。そして、志麻子を不幸のどん底に突き落としてしまうことになる。

自分を男にしてくれた女性を不幸にはできない。

「……わかりました。でも、またときが来たら、志麻子さんと逢いたい。今は完全に忘れることはできません」

『わかってくれて、よかった……でも、わたしのようなオバさんのことは忘れて、自分に相応しい、若い彼女を見つけてください。絶対にできるわ……では、切るわね。さようなら』

志麻子が最後に口にした『さようなら』の言葉が、ズシンと胸に響いた。

そのことがあって、淳一は志麻子のことは忘れようと、仕事に専念することにした。しかし、仕事と言っても、派遣の添乗員であり、淳一はまだ初心者なので、そうツアコンの仕事がまわってくるわけではない。

今のところ、ひと月に四つくらいのツアーで、十万ちょっとにしかならない。

淳一は家を出て、今は都心から少し離れた家賃の安いアパートを借りて住んでいる。

家賃を払えば、あとは三食摂るのがぎりぎりで、まったく余裕がない。

両親が心配して、『お金は絶対に借りるなよ。利子がついて、返すのが大変だから。困ったら、出してやるから』と言ってくれているが、せっかく自立したのだ。親には頼りたくない。

志麻子の言うように、自分に相応しい彼女を作りたい。

しかし、こんなぎりぎりの状態では遊びに行く余裕もない。だいたい、派遣社員だから、基本的に自宅待機で、毎日会社で働いているわけではないので、会社の同僚も先輩社員もいない。

そもそも女性と接する機会が少ないのだ。

東北紅葉ツアーから一カ月後、淳一は二泊三日の京都紅葉ツアーの添乗員として、ツアー参加者を引き連れて、京都に向かった。

忙しく京都の名所をまわる旅ではなく、ゆったり旅で、厳選された箇所しか行かないから、添乗員としても気が楽だ。それに、ワンランク上のツアーなので、ツアー客もお年寄りが多い。

新幹線に乗り、京都駅で降り、そこから、大型タクシーで京都の北にある大原《おおはら》三千院《さんぜんいん》に向かう。大型バスだと途中で降りて、坂道を歩かなければいけない。大型タクシーを使えば、ごく近くの駐車場まで行ける。

タクシーを降りた参加者を集めて、見どころと集合時間を告げた。

自分も三千院の紅葉を愉しみたいので、坂道をぶらぶらとのぼっていき、高い石垣に囲まれた御殿門を潜る。

皇族、公家《くげ》が関《かか》わる寺、つまり門跡寺院だから、門も石垣も風格がある。

入っていき、客殿から庭に出た。

苔《こけ》むした地面に杉や檜《ひのき》、イチョウやモミジが立ち並び、緑、黄色、赤の見事なグラデーションを見せている。

とくに、緑の苔むす地面を、モミジが散って赤く染める『紅葉絨毯《じゅうたん》』が美しい。

目の前を和服を着た女性がひとりで周囲を鑑賞しながら歩いている、その後ろ姿に惹《ひ》きつけられる。

（ああ、あの人だ！）

東京駅で受付をしたときから、気になっていた。

和服でツアーに参加する者は少ない。それに、ストライプの小紋をイキに着こなし、髪を後ろで結った彼女は、誰がどう見ても『和服の似合う美人』だった。

木内美里《きうちみさと》といって、三十三歳とあった。

しかも、美里のやさしげな容姿や振る舞いが、どことなく高瀬志麻子を思わせて、ドキドキしてしまうのだ。

それに、こんな和服の似合う美人が、京都紅葉ツアーに単独参加というのは、何か理由があるに違いないのだ。

美里の素性を知りたくてしょうがない。しかし、まさか添乗員から話しかけて、どうしてひとり旅なんですか、と訊くわけにもいかない。

今も、和服に和風コートをはおって、髪を後ろで結った美里は、あらわになったうなじの後れ毛や、鬢のほつれが色っぽくて、見とれてしまう。

（ダメだ。我慢だ）

声をかけたいのをぐっとこらえて、ひとりで散策をした。

一時間ほどして、弁天池のそばにあるわらべ地蔵を見に行くと、木内美里がいて、何体もある地蔵様を一生懸命にスマホにおさめていた。

とても興味津々という感じだ。ここのわらべ地蔵はほんとうにかわいいから、とくに女性が夢中になるのもわかる。

（よし、今だ！　このチャンスを逃したくない！）

淳一は意を決して、話しかける。

「木内さま……よろしかったら、写真を撮りましょうか？」

美里が振り返って、淳一が何者なのか理解したのだろう。

「あっ、添乗員さん……よかったわ。撮ってください」

美里はスマホを渡し、自分は背の低いお地蔵様のすぐ隣にしゃがみ、こちらを向いた。

着物姿と子供のお地蔵様がコラボして、すごくかわいらしい。

「はい、撮りますよ……チーズ！」

淳一はつづけてスマホの撮影ボタンを押す。近づいていって、撮れた画像を見せると、

「素晴らしいわ。写真がお上手ですね」

美里がにっこりと微笑んでくれた。

「いえ……被写体がお美しいからですよ」

「あらっ……お上手なのね。お若そうなのに……新人ですか？」

美里が積極的に訊いてきた。

「あ、はい……二十三歳の新米の森田です。ツアコン、はじめたばかりなので、いろいろと至らないところはあると思いますが、よろしくお願いいたします」

淳一は深々と頭をさげる。

「そんな……生意気言うようですが、森田さんはよくやっていらっしゃると思いますよ。わたしの名前も覚えていてくださったようですし……そろそろ集合時間がせまっていますね。よかったら、一緒に帰ってください。わたし、方向音痴なので……」

美里が言う。微笑むと、口角がきゅっと吊《つ》りあがって、清廉な色気がこぼれてしまう。微笑むと口角がきれいにあがるところが、志麻子にそっくりだった。

「ああ、はい……そうしましょう」

御殿門へと向かいながら、美里が話しかけてくる。

「森田さんは大学を出て、すぐに添乗員を？」

「はい……じつは、旅行会社に入りたかったんですが、全部、落っこちてしまって……それで、添乗員派遣会社に登録しました」

「そう……じゃあ、正社員じゃなくて、派遣なんですね？」

「ええ……全部、落っこちたし……それでも、旅行に関わっていたいから、仕方ないですね」

「そう。だったら……」

美里が何か言いかけて、やめた。

「あの、何か？」

「いえ……何でもないわ。それだけ旅行がお好きなんですね？」

「ええ、それだけは確かなんです。それだけがウリです」

「旅行会社、どうしてあなたのような人を採らないんでしょうね」

「……しょうがないですよ。大した大学出てないし……」

淳一は美里とともに集合地点に向かいながら、不思議にこの人とは波長が合うな、と感じていた。

見た目よりずっとざっくばらんで、積極的に話しかけてくれる。

そろそろ集合地点が近づいてきて、淳一は気になっていたことを思い切って、訊いてみた。

「あの……今回はおひとりなんですね？」

「ええ……じつは……」

美里がためらいを振り切るように言った。

「主人を二年前に亡くしているんですよ。それで、今はどこに行くのもひとり……京都の紅葉狩りは、昔、主人と来たことがあって、それで……」

びっくりした。まさか、美里が未亡人だったとは。

「そうですか……すみません。余計なことを訊いて……亡くなったご主人を偲《しの》ぶ旅だったんですね？」

「そうね……偲ぶというより、忘れたいのかな。あっ、ゴメンなさいね。へんなことを言ってしまって……」

それがどういうことなのか、淳一にははっきりわからない。

「子供もいないから、今は独身生活を謳歌《おうか》しているわ。だから、添乗員さん、わたしのことは気にかけていただかなくとも、大丈夫よ」

美里がこちらを向いて、口角を吊りあげた。

（ああ、きれいでチャーミングだ。この人が未亡人だなんて……）

淳一はますます美里に惹きつけられる。が、それは見せずに、

「はい……では、明後日《あさって》までよろしくお願いします」

きっぱり言って、無理やり笑った。

2

翌日の午後四時、淳一は有馬《ありま》温泉の坂道の多い、迷路のような路地を散策していた。

どうにか何事もなくツアーの添乗をこなし、今日は午後から有馬温泉に向かい、繁華街から徒歩十分のホテルにチェックインを済ませ、夕食までの時間を自由時間に当てていた。

淳一は有馬の繁華街を歩いたことがないので、このときとばかりに散歩をしている。

丘陵の上には巨大ホテルや会員制マンションが建ち並んでいるが、繁華街におりてくると、がらっと様相が一変する。

秀吉の像がある太閤《たいこう》橋と、ねね像のあるねね橋が有馬川にかかっており、そこから繁華街へと向かうと、名物の炭酸煎餅《せんべい》を焼いている店があって、焼きたてを食べられる。

坂道をあがっていって左折すると、途端に道が細くなり、その一昔前を思い出させる路地の両側には、食べ物屋やみやげ物屋など様々な店が軒を連ねる。

（へえ……これだけ新旧が混在した温泉街は珍しいな。好きだな、こういうところ……）

淳一は石段をのぼり、極楽寺《ごくらくじ》を見て、ねがい坂をあがっていき、銀の湯で立ち寄り湯をした。

あがって、坂道を降りていたとき、業務用のケータイが唸った。

おそらく、ツアー客からだ。

「添乗員の森田ですが」

すぐに応答すると、

『すみません……美里です。昨日お話しした、木内美里です』

「ああ、木内さま……どうなされました？」

『今、金の湯の近くにいるんですが、足を挫《くじ》いてしまって……よく歩けないんです。救急車を呼ぶことも考えましたが、ちょっと恥ずかしくて……どうしていいかわからなくて、添乗員さんにお電話を……」

ケータイから聞こえてくる美里の声が、明らかに焦っている。

「俺、銀の湯から出てきたところで、そう遠くないので、すぐにうかがいます。そこにいてください。動かないで」

『そうします……歩けなくて……お願いします』

「大丈夫ですよ。電話、切ります」

ツアー客の危機を救うのは、添乗員の仕事だ。ましてや、相手は昨日、親しくなった三十三歳の美貌《びぼう》の未亡人だ。

淳一は坂道を急いでおり、石の階段を駆けおりて、金の湯に向かった。

しばらく行くと、赤い布に『金の湯』と白抜きされた暖簾《のれん》が張られた銭湯の建物があり、そこから少し離れたところにあるベンチに、着物姿の女性が腰かけて、白足袋《たび》の上から足首を押さえていた。

淳一は駆け寄っていく。

美里は生成りの地に蔦《つた》柄が流れる小紋を着ていて、和風コートをはおっている。

下を向いた美里のうなじの美しさに見とれながらも、

「大丈夫ですか？　大変な目にあわれましたね」

声をかける。

美里が顔をあげる。その目にはうっすらと涙さえ浮かんでいる。どうやら、大丈夫ではなさそうだ。

容態を聞いて、淳一は決心した。

「美里さんをおぶって、ホテルまで行きます」

「申し訳ないわ。それに、わたし、見た目より重いですよ」

美里が羞じらった。

「大した距離じゃないですから、平気です。ホテルに連絡して、医者を呼んでおきます。それとも、救急車に乗りますか？」

「いえ、それは……わかりました。お世話になります。なるべく、軽くなるように努力しますから」

淳一が後ろ向きにしゃがむと、

「失礼します」

美里がおぶさってきた。淳一は安定するように、美里の身体を背負い直し、尻の下のほうに手をまわした。

歩き出す。想像以上に、成人女性をおぶって、坂道をおりるのは大変だった。

だが、慣れてしまえばどうということはなかった。

「あの……草履が落ちそうなので、脱いで、自分で持ちます」

美里が言い、自分で草履を脱いだ。淳一の胸前で交差させている手に、生成りの草履が持たれている。

淳一は美里を背負いながら、太閤通りをおりて、六甲川《ろっこう》に沿って歩き、ホテルに向かう。

「すみません、ご迷惑をかけてしまって……」

美里の声が耳元で聞こえる。

「大丈夫ですよ。添乗員の仕事ですから。これで、お金をもらっているんです」

「重いでしょ？」

「いえ、全然」

実際は歩くにつれて、体重がずしりと背中と腕にかかり、けっこう大変だった。

しかし、それを見せたら、美里が苦しむ。

気を紛らわせたくなって、美里のことを訊いた。

「美里さんは、東京在住ですよね？」

「ええ……東京生まれの東京育ちね」

「今は、お仕事は？」

「主人を亡くして、することがないから、復職したわ。小さな会社だけど、アパレルメーカーで服のデザイナーをしているんです」

「へえ、すごいですね。キャリアウーマンじゃないですか」

「いえいえ、とてもとても……でも、仕事をしているときは、主人のことを忘れられるから」

「それだけ、ご主人を愛していらしたんですね」

「どうかな……会社員だったけど、すごく活動的だったことは確かね。すべての面に関して……」

美里が言った。

『すべての面』には、夫婦の夜の営みも入っているのではないか、と直感的に思った。

「失礼ですけど、新しいカレシは？」

「いないわね。だから、このツアーに来たんじゃない。主人が京都が好きで、前は随分とここに来たのよ。でも、たぶん、もう偲ぶ旅じゃないんだわ。主人を忘れるために来たのよ。有馬にも一緒に来たことがあるのよ。主人と来たその道をたどっていけば、逆に、もういい、もう充分だって思えるんじゃないかって」

背中の上で、美里が感傷的になっているのがわかる。

「俺にはよくわかりませんけど……美里さん、まだ三十三歳なんですよね。すごく、お若いですよ。それに、美里さんのようにステキな方なら、男が向こうからいっぱい寄ってきます。もったいないです」

「……森田さんも、もったいないと思う？」

「もちろんです。初めてお逢いしたときから、ステキな方だなってひそかに思っていました。こんなこと言ったら、添乗員として失格ですね」

「失格じゃないわ」

そう言って、美里がぎゅっとしがみついてきた。

成人女性を背負うなど初めてのことで、背中に感じる胸のふくらみや、腰に感じる太腿の弾力にドキドキした。

途中で休みを取り、なんとかしてホテルにたどりついた。駆けつけてきた医者に、美里を診《み》てもらった。

右足首の捻挫《ねんざ》だが、そう重くはないので、このまま湿布をして固定していけば、一週間もすれば松葉杖《まつばづえ》なしで歩けるようになる。それまでは、松葉杖を使うよう言われた。

明日からのツアーについて相談すると、美里はツアーをつづけたいと言う。明日は北野《きたの》天満宮を参詣し、妙心寺《みょうしんじ》に行って、帰宅の途につく。

見物が無理のようなら、バスで待っていると言う。

すでにツアー客の夕食は終わっており、淳一は美里とともに二人で夕食を摂った。

食べ終えて、淳一は美里を部屋まで送った。

部屋を開けたとき、美里が言った。

「ゴメンなさい。なかで、いろいろと手伝っていただけると助かるんだけど」

「いいですよ、もちろん……お邪魔します」

淳一は美里とともに部屋に入った。

3

部屋は大きなベッドの置かれたダブルの洋室だ。

「着替えを手伝ってほしいの」

松葉杖を立てかけた美里が、着物の帯に手をかけた。

お洒落《しゃれ》な幾何学模様の入った帯の結び目をほどいて、シュルシュルッと衣擦れの音をさせて、帯を解いていく。

呆然《ぼうぜん》として見守っていると、帯を畳んだ美里が、小紋を脱ぎはじめた。

着物を肩から脱いで、

「ゴメンなさい。これを、そこのクロゼットにある衣紋《えもん》掛けにかけてくださらない？」

差し出してくる。

「ああ、はい……！」

淳一はドキドキしながら、小紋を折り畳み式の着物ハンガーにかける。今、脱いだばかりなので、まだ体温が残っている。クロゼットの扉に隠れて、ひそかに鼻に押しつけると、和風のいい香りがした。

見ると、美里はベッドに腰をおろして、何か悩んでいる。

薄いピンクで光沢のある長襦袢《ながじゅばん》をつけ、伊達《だて》巻で締めており、その姿がかわいくて、なおかつ官能的だった。

「シャワーを浴びたいんだけど……足首をどうしたらいいかしら？」

「ああ、それはあれです。ビニール袋をかぶせて、留めれば、水に濡れません」

「さすがね」

「俺がします」

淳一は部屋の中をさがして、適当なビニール袋を見つけた。

ベッドに腰をおろしている美里の前にしゃがんだ。

「あの、足をあげてください」

言うと、美里がおずおずと傷めたほうの右足をあげる。

淳一はその足をつかんで持ちあけ、白い包帯で動かないようにきっちりと固定してある足首に、下からビニール袋を穿かせる。

テープで留めようとしたとき、見えた。

はだけた長襦袢から、むっちりとした白い太腿が。

(ぁあああ、すごい……！)

途端に股間のものがズボンを突きあげるのを感じながら、ビニール袋をふくら脛《はぎ》のところでテープを巻いて、水が入らないようにする。

テープを巻いているとき、右足があがり、長襦袢がめくれあがって、太腿の奥にピンク色のものが見えた。

パンティに違いない。

きっと、美里は長襦袢に色を合わせて、ピンクのパンティを穿いているのだ。

思わず見とれて、手がお留守になった。動きを止めて、じっとしていると、

「……大丈夫？」

美里が顔を覗《のぞ》き込んでくる。

「ああ、はい……すみません」

淳一は急いでテープを切って、立ちあがる。

このままシャワーを浴びたいと言うので、肩を貸して立たせ、部屋のバスルームに連れていく。

「できたら、待っていて。手伝ってほしいことがあると思うの」

「ああ、はい」

「なるべく早く出るからね」

美里が洗面所に入っていき、淳一は外で待つ。

曇りガラスを通して、美里が長襦袢を脱ぐのが、透けて見えた。

肌色のシルエットがぼんやりと見えて、それから、美里はバスルームに姿を消した。

（これからどうなるんだろう？　何かを手伝って、終わりだろうな。美里さんだ

ってそれ以上は許してくれないだろう)

シャワーの音がする。しばらくすると、

「森田さん……悪いけど、手伝ってくれる?」

美里の声が聞こえた。

(手伝うって……?)

洗面所に入ると、座っている美里のシルエットが曇りガラスを通して、見えた。

「開けて、なかに入って。ああ、濡れちゃうから、服は脱いだほうがいいかも」

「いいんですか? 見えちゃいますけど」

「いいから、言っているの」

どういう事情がわからないが、これはうれしい。

嬉々として、服を脱ぎ、全裸になった。バスルームに入ると、シャワーの湿気でなかにはむっとした熱気がこもり、その湯けむりのなかで、美里が洗い椅子に腰かけていた。

当たり前だが、一糸まとわぬ姿である。

直線的な上の斜面を下側の充実したふくらみが持ちあげた乳房は、たわわでありながら、ツンと威張ったように乳首がせりだしている。

そして、くびれたウエストからはぷりんとした尻がひろがって、洗い椅子に接している。

そのピンクに染まった肌がシャワーでコーティングされたようにぬめ光っていた。

ごくっと生唾《なまつば》を呑みながら、訊いた。

「あの……何をすればいいんでしょ?」

「足が気になって、よく洗えないのよ。背中を洗ってもらえるかな?　これで」

美里が洗い用のタオルを持って、後ろを振り返った。次の瞬間、

「キャアッ……」

と悲鳴をあげて、顔をそむけた。

振り向いたとき、勃起したイモチツが見えたのだろう。

「ああ、すみません……」

淳一はあわてて手で勃起を隠す。

「もう……前くらい、隠してなさいよ」

美里がむっとして、ふくれ面をした。だが、笑っているから、心底から怒っているわけではないようだ。

「いいから、洗って……」

美里は後ろ手にタオルを渡してくる。受け取って、淳一はタオルを石鹸《せっけん》で泡立て、背中を擦りはじめる。

髪は結いあげられたままで、柔らかそうな後れ毛がやわやわとうなじを飾っている。うつむいて、胸のふくらみを手で隠しているので、左右の鬢《びん》がほつれながら垂れて、色っぽい。

そして、背中はきめ細かく、すべすべだった。

擦っていても、まったく引っかかるところがない。ほっそりした首すじからつづく肩のライン、ちょっと突き出した肩甲骨の張り具合……どれを取っても、きれいで艶めかしかった。思ったより全身がふっくらとしていて、未亡人の肉感のようなものがむんむんと伝わってくる。

背中を擦って、石鹸をシャワーで流した。

もうこれで終わりかと思っていると、美里が言った。

「洗い方がすごく上手なのね。ついでに、前のほうも洗ってもらえると、ありがたいんだけど……」

「……いいですけど」

淳一はタオルを石鹸で泡立てて、それを腋の下から前のほうにまわし込んだ。すぐのところに、たわわな乳房の弾力があって、ふくらみを下から上へとなぞりあげると、

「んっ……！」

美里がびくっとした。

「ああ、すみません……」

「いいのよ、謝らなくても……いいから、つづけて……いいから」

「はい……」

淳一がタオルで胸のふくらみを揉み込むようすると、豊かなふくらみが揺れて、

「んっ……んっ……ぁあああ」

美里が最後はこらえきれないといった喘ぎを長く伸ばした。それから、

「タオルで擦ると、痛いわ……じかに手のひらでやって……」

「は、はい……」

淳一は役得とばかり、手のひらで乳房を覆い、揉みしだく。

石鹸がついているので、ぬるぬるする。その上、大きなふくらみがしなりながら形を変え、頂上の突起が硬い感触を伝えてくる。

「ぁああ、気持ちいい……乳首を……触って」

美里が喘ぐように、求めてくる。

（いいんだな……）

淳一は下腹部のものをギンギンにさせながら、ふくらみの中心の突起を指腹でつまんだ。

志麻子とのセックスで、乳首のかわいがり方はだいたいわかっている。志麻子との筆おろしツアーがなければ、今もきっとただただ戸惑うばかりだったろう。

両脇から手を差し込んで、左右の乳首をくりくりと転がした。すると、それはますます硬くしこってきて、左右にねじると、

「あっ……んっ……あっ……ぁあああ、もうダメっ……」

美里が後ろ手に右手を伸ばして、淳一の下腹部のものをさぐってきた。すごい勢いでいきりたっているものを握って、

「ふふっ……カチンカチンね。怖いくらいに……」

美里は後ろ手に勃起を握って、ゆるゆるとしごいてくる。

「あっ、おっ……」

淳一はうねりあがる快感をこらえて、なおも乳房を揉み、突起を捏《こ》ねた。上か

ら潰《つぶ》すようにして捏ねると、それがいいのか、

「あっ！　あっ！　ぁあああ、たまらない」

美里が顔をのけぞらせた。それから、

「こっちも……」

と、淳一の手をつかんで、下腹部に導いた。

柔らかな繊毛はシャワーを含んでおり、その下にはぬるっとしたものが息づいていた。

淳一は志麻子とのセックスを思い出し、こうやるんだったなと、狭間に指を走らせる。尺取り虫みたいに指を反らせて曲げ、そこを擦ると、ぬるっとした粘膜の感触があって、

「ぁああ、あああぁ、いい……くっ、くっ……」

美里は顔をのけぞらせながら、後ろ手につかんだ勃起をぎゅっ、ぎゅっとしごいてくる。

その湧きあがる快感をぶつけるような情熱的なしごき方が、淳一を追い込む。

「くっ……あんまりされると……」

言うと、美里が振り返って、白い包帯をビニール袋に包まれた足を自分の手で

持ちあげて、向かい合う形で洗い椅子に座り直した。

ちょうど目線の高さでそそりたっているものを握り、

「とってもいい形をしているね。反ってるし、カリがいい感じに張ってる。でも、すごく初々しい感じがする。間違っていたらゴメンね。まだ、女性経験は少ないんでしょ?」

美里が見あげて、口角をきゅっと吊りあげた。

「はい……まだひとりしか知りません」

「そう……じゃあ、わたしが二人目ね」

微笑んで、美里が顔を寄せてきた。

あっと思ったときは、舐められていた。

根元を握ったまま、余った部分にちろちろと舌を走らせ、亀頭冠の出っ張りをぐるっと一周させる。

うふっと微笑み、坊主頭の中心にキスをした。

茜色《あかね》にてかる丸みにちゅ、ちゅっと唇を押しつけ、尿道口に細かく舌を這わせる。それから、ぐっと姿勢を低くして、亀頭冠の真裏にある裏筋の発着点にちろちろと舌を躍らせる。

「あっ、そこは……くっ、あっ……」

思わず喘ぐと、美里は見あげてにやりとし、イチモツに唇をかぶせてきた。ゆったりと唇を往復させて、吐き出し、

「匂うわね。一回、きれいに洗いましょうね」

そう言って、手に石鹸を泡立て、いきりたちを握って、ちゅるちゅるとしごいた。

「ぁああ、気持ちいい……」

快感を口にすると、美里は手をぐっと奥のほうまで突っ込んで、肛門から会陰部、睾丸の内側に丁寧に石鹸をなすりつける。

最後に本体を石鹸まみれにすると、シャワーを股間に向けて放ち、石鹸を洗い流す。

その頃には、汚れを洗い清められたイチモツが、すごい角度で臍に向かって、そそりたっていた。

美里はまた根元を握り、余った部分に唇をかぶせてくる。

右手でしごくリズムに合わせて、顔を打ち振る。

根元を強めに握って、しごかれると、先端がますます充満してきた。さらに、

柔らかな唇で亀頭冠を中心におしゃぶりしてくる。

こんなことをされたら、どんな男だって射精したくなってしまう。

「ああ、くっ……出そうです。出ちゃう」

思わず訴えていた。

するると、美里はちゅるっと吐き出して、

「ベッドに連れていって、お願い」

見あげて言う。

知性の感じられるととのった顔が、今は女の欲望に乗っ取られているのか、瞳はとろんとして、目の縁も淡い桜色に染まっている。

4

濡れた裸身を拭《ふ》き、美里に肩を貸して、ベッドまで連れていった。

ベッドのエッジに座った美里の前にしゃがみ、右足の濡れたビニール袋を外す。

「足の方、大丈夫ですか？」

心配になって、訊いた。

「ええ、動かすと痛いけど、じっとしているときは平気みたいよ。ほんとうは、森田さんを愛撫してあげたいんだけど……抱いて、もらえる？」

「もちろん、望むところです。でも、添乗員ですから、ほんとは絶対にダメなんです」

「わかっているわ。口が裂けても言わない」

「では……俺が動きますから。美里さんはじっとしていてください。下手だけど、一生懸命やらせていただきます」

「面白い子……」

「そこに、寝てください」

美里がお手並み拝見とばかりに、ベッドに凹凸のある裸身を横たえた。

仰向けに寝て、胸と下腹部を手で隠している。

いざこういう状態になると、どうしていいのかわからなかった。しかし、志麻子が言っていた。『好きなようにすればいいのよ』と。

その言葉を思い出して、淳一は顔を寄せていく。

唇に唇を重ねて、舌でちろちろと美里の唇をなぞる。

「ぁあああ……！」

美里は吐息を洩らし、すぐに自分から唇を押しつけてきた。舌を差し出して、淳一の舌をとらえ、もてあそぶように舌先をくすぐり、頬張って吸いあげる。

舌の根が痺れて、呻くと、美里は舌で口腔をなぞってくる。

淳一も負けじとばかりに、積極的に舌を動かし、唇を合わせる。

つづけていくうちに、美里の裸身がうねりはじめた。

「んんん……んんんんんっ！」

くぐもった声を洩らしながら、淳一の背中をさすり、さらに、足をからめ、もどかしそうに下腹部を擦りつけてくる。

ご主人が亡くなって、きっと身体を持て余していたのだろう。こうなったら、美里に満足してもらいたい。

イチモツを刺激されて、淳一は先を急ぎたくなる。

顎から首すじへとキスをおろし、そのまま乳房へと移った。

志麻子より少し控え目だが、直線的な上の斜面を下側の充実したふくらみが持ちあげた美乳で、小さめの乳輪から、セピア色の小粒の乳首が精一杯頭を擡げている。

シャワーを浴びて血行のよくなったせいか、全体が薄いピンクに染まり、幾筋かの血管が青く透け出していた。

ふくらみをそっとつかむと、乳肌が薄く張りつめて、乳首がくびりだされる。その突起におずおずと顔を寄せた。ツーッと下から舐めあげると、

「んっ……！」

美里がびくっとして、顎をせりあげる。

（すごく感じやすいんだな……）

上下に舐めて、左右に舌を振る。全体を頬張って吸いあげると、

「うあっ……ぁあああ、ダメ……痛くしないで」

美里が訴えてくる。

（そうか……志麻子さんは吸われるのを好んだけど、美里さんは違うんだ。女の人って、それぞれ、感じ方が違うんだ）

やさしく、やさしくと頭のなかで繰り返し、丁寧に乳首を舐めた。遠い周囲のほうから徐々に円を狭めていく。と、それがいいのか、

「ぁああ、焦らさないで……焦らさないで……来て。乳首をじかに舐めて……ぁあああ、それっ……くっ、あっ、くっ……」

美里はブリッジするようにのけぞり、がくん、がくんと震える。

（美里さんは焦らすほど燃えるんだな……）

頭に叩き込んだ。

乳首から脇腹へと顔をおろしていく。長い左手をあげさせて、あらわになった腋の下から二の腕にかけて舐めあげていくと、

「あんっ……ダメ……恥ずかしい。それ、恥ずかしい……ぁあああん……」

美里は最後は低く、生臭い声で訴えてくる。

とても感じやすい身体をしていることはわかった。ひと舐めするたびに、肌が粟立《あわだ》っていく。

「ぁああ、あああああ……ダメ、ダメ……ぁあああうぅぅ」

ダメと口では言いながらも、下腹部がここにじかに欲しいとばかりに、ぐいぐい持ちあがる。

下腹部には、漆黒の恥毛が鬱蒼《うっそう》と生い繁っていた。

淳一はこのままクンニに移行しようかとも考えた。だが、足の間にしゃがんだとき、美里の足指に赤いペディキュアがされていることを発見した。

赤い貝殻みたいにきれいだ。それに、美里は基本足袋を履いているから、これ

はベッドのなかでしか見えないはずだ。そういうところにお洒落をしているところに、感激した。そして、こうしてほしいのだろうと思った。

右足は包帯でぐるぐる巻きになっている。左足をそっと持ちあげて、親指にしゃぶりついた。

「あっ、いや……！」

足の親指がぎゅうと内側によじり込まれる。

かまわずしゃぶり、吸っていると、甘い吐息とともに親指が伸びて、舌の動きに身を任せるようになる。

「ぁあああ、あああ……気持ちいい。恥ずかしいけど、気持ちいい……尽くされている気がするのよ」

美里がぼうとした目を向けてくる。

唾液《だえき》で濡れた足の爪《つめ》は、親指から人差し指、中指、薬指、小指へと至るにつれて、徐々に赤の割合が少なくなり、五つの赤い足爪は美しい細工もののように芸術的だ。

淳一は指と指の間の水搔《みずか》きにまで、丹念に舌を伸ばして、ちちろちとくすぐった。

「ぁあぁ……ああああ……もう、ダメッ……ぁあぁ、ああ……じかにちょうだい。舐めて、あそこを……お願い！」

ついに、美里が訴えてきた。その切迫した表情が淳一をかきたてる。

足をすくいあげると、漆黒の陰毛が流れ込むところに、女の割れ目が息づいていた。

全体はふっくらとしている。内側の陰唇はゆるく曲がりながらもひろがって、内部のピンクをのぞかせていた。

そして、濃いピンクにぬめる内部はびっくりするほどに濡れており、じゅくじゅくと蜜があふれている。

「きれいです。いっぱい蜜が出てる」

思わず言うと、美里が「ぁあぁあ」と羞恥《しゅうち》の声を放って、

「すごく、ひさしぶりなのよ……だから、きっと……」

顔をそむけた。

「ご主人が亡くなってから……？」

「ええ……していないのよ。もう二年以上もしていないの。セックスのやり方も忘れてしまったわ……ねえ、恥ずかしいから、そんなに見ないで……して、舐め

て……焦らさないで」

美里が眉根を寄せて、訴えてくる。

淳一はますます男心をかきたてられ、膝を持ちあげて、あらわになった狭間を舐めた。

ツーッ、ツーッと舌を走らせると、ぬらつく粘膜が舌にまとわりついてきて、

「あっ……あっ……ぁあああ、いい……感じる。わたし、ちゃんと感じている……ぁああああああああ」

美里が大きく顎を突きあげた。

見ると、下のほうに蜜が溜まった箇所があり、そこに舌を這わせると、

「あっ、そこは……やめて、よして……」

美里は膣口を舐められるのをいやがったが、舌を尖らせて、孔に押し込むようにすると、様子が変わった。

「ぁああ、いやん……あっ、あっ、あうぅぅぅぅ……もっと、もっと深いところに……焦らさないで。お願い……もう、欲しい」

下腹部をぐいぐい持ちあげて、せがんでくる。

（そうか……成熟した女の人はここまで来ると、したくてしたくてたまらなくな

ってしまうんだな）

期待に応《こた》えようと、淳一は上体を立てた。

上を向いてしまうイチモツを押さえつけ、膝をつかんで腰をあげさせる。あらわになった膣らしいところにめり込ませていく。

最初は入っていく感じがない。

「もう少し下……」

美里が膣の位置を教えてくれる。

（ここだな……）

いきりたちを押し込んでいくと、ぬるっと嵌まり込んでいく感触があって、

「うはっ……！」

美里が顔を大きくのけぞらせた。

（ああ、とろとろだ。それに、けっこうキツい！）

淳一もくっと奥歯を食いしばる。

まだ二人目だから、どうしてもあたふたしてしまう。だが、志麻子としたときより、余裕はある。

曲げた膝をやや開かせ、上から押さえつけるようにして腰をつかう。すると、

まったりした粘膜が抜き差しを遮るようにからみついてきて、快感がぐっと高まる。

（ダメだ。まだまだ……美里さんをイカせるまで、頑張るんだ！）

甘い愉悦をこらえて、打ち込んでいくと、

「あっ……あっ……いいわ。きみのおチンチン、すごくいい……引っかかいてくるのよ。カリがわたしのなかを引っかいてくる。めくれあがっていくみたいよ。そうよ、そう……そのまま、つづけて」

美里が目を細めて、淳一を見あげ、

「わたしの足を閉じたり、開いたりすると、もっといいかもしれない」

アドバイスをくれる。

淳一は言われたように上から押さえつけた膝をひろげたり、閉じたりする。確かに膣の感触が変わり、深度も多少変わる。

いちばん感じる角度を見つけて、ぐいぐい押し込んでいると、

「ぁああ、気持ちいい……気持ちいい……ぁあああぅぅ」

美里が両手をシーツに置いて、白い布を握りしめた。徐々に強く打ち込むと、あらわになった美乳がぶるん、ぶるんと縦に揺れ、

「ぁああ、来て……抱いて。ぎゅっと抱いて」

美里がとろんとした目を向ける。

淳一は膝を放して、覆いかぶさっていく。肩口から手をまわし込んで、ぐいと抱き寄せる。そのまま、腰を波打たせると、

「ああ、これもいい……すごく一体感があるのよ。ぁああ、森田さん……忘れさせて。主人をわたしの身体から追い出して」

美里がぎゅっとしがみついてきた。

『主人を追い出して』という言葉が胸を締めつけてくる。

美里の期待に応えたい。ご主人を忘れさせてあげたい。

しゃくりあげるように腰をつかった。

「ぁああ、あああ……いい……いい……イカせて。お願い、イキたいの」

そうしたい。だが、さっきから逼迫したものが下腹部で育っている。

美里が耳元で訴えてくる。

「ああ、ダメだ。出そう！」

「我慢して……もう少しなの。もう少しでイケるの」

「はい……あああ、くっ……！」

淳一はこらえた。しかし、この体位ではすぐにも出してしまいそうだった。

（こういうときは体位を変えてみよう）

誰に教わったわけではないが、とっさに頭に浮かんだ。

「あの……体位を変えていいですか？」

「いいわよ。どうする？」

「あの……できたら、バックでお願いします」

「いいわよ」

美里が痛む右足を動かし、ベッドに四つん這いになった。

「少し、舐めてあげる。前に来て、両膝をついて」

淳一が指示されるように前に両膝立ちになると、美里が顔を寄せてきた。自分の愛蜜で汚れているのを厭《いと》うことなく、屹立を舐めあげ、頬張って、顔を打ち振る。

（すごい……こんなフェラの仕方もあるんだな）

ベッドに這った美里の背中はゆるやかに反り、身体が柔軟なのだろう、女豹《めひょう》のポーズがとても決まっていた。尻を突きあげて、背中を弓なりに反らせた格好で屹立を頬張り、「んっ、んっ、んっ」と顔を打ち振る。

艶やかな和服姿が目に焼きついているぶん、大胆なフェラチオをする美里をいっそういやらしく感じた。

ちゅるっと吐き出して、美里が言った。

「もう我慢できない。欲しいわ、これが……」

下から見あげてくる。

淳一は後ろにまわり、高々と持ちあがった尻たぶの位置を少し低くしてもらい、屹立を押しつけた。この前、志麻子とバックでしたから、だいたいの膣の位置はわかる。

切っ先で沼地をさぐり、じっくりと押し込んでいく。とても窮屈な入口を突破していく確かな感触があって、

「ぁあうぅ……！」

美里が顔を撥ねあげた。

あまり強く打ち据えると、すぐにでも射精してしまいそうだ。加減して、ゆったりと浅いストロークを繰り返していると、

「ああ、焦らさないで……お願い、奥にちょうだい。きみのチンポを奥に突っ込んで……！」

美里がまさかの言葉を言った。

和服の似合う未亡人が、チンポなどと卑猥なことを口にした。そのことが、淳一をいっそうかきたてる。

「チンポですか？」

「ええ、チンポが好きなの。きみのチンポ、気持ちいいの……ちょうだい。イカせて。わたしをイカせて、お願い……彼を忘れさせて」

美里がさしせまった様子で言う。

想定外の卑猥語連発に驚きながらも、淳一の気持ちは高まる。

もう、射精へのカウントダウンがはじまっている。

（ええい、こうなったら、射精覚悟で……出しても、またすぐに回復する！）

淳一は尻をつかみ寄せて、徐々にストロークを強くしていく。

うつむいた美里が、「あんっ、あんっ」と顔を撥ねあげ、尻も乳房も揺れている。よく締まる膣が波打ちながら、うねうねと勃起を絞りあげてくる。

「ああ、イッていいですよ。イッてください」

「あああ、ああ……もっと、奥を突いて……そうよ。あの人を追い出して……ぁあああ、あんっ、あんっ、あんっ……！」

美里の様子がさしせまったものになった。

両手の指でシーツを皺になるほど握りしめ、顔をがくん、がくんと上下に揺らしている。

淳一は最後の力を振り絞って、切っ先を奥まで届かせた。

「うおお……！」

吼えながら、叩きつけた。奥のほうのふくらみが亀頭部にからみついてきて、淳一も追いつめられる。

「ああ、出そうだ……！」

「出していいのよ。ピルを飲んでるから……ぁああ、そうよ。そう……イキそうよ……ぁあああああ、イク、イク、イッちゃう……！」

美里がのけぞった。

「イクぅ……あっ、あっ！」

膣が痙攣して、美里が昇天しているのがわかる。

（よし……！）

感激に咽《むせ》びつつ打ち込んだとき、淳一も熱い男液を放っていた。

美里は白濁液を受け止めながら、がくん、がくんと何度も身体を躍らせている。

射精の余韻がまだ冷めない淳一がぐったりしていると、美里がにじり寄ってきた。

「ありがとう……あなたのお蔭で主人を忘れられそう」

耳元で甘く囁く。

(自分如《ごと》きとの一回のセックスでは、亡夫のことを忘れることなど無理だろう……でも、キッカケになったら、それでいい)

淳一がぼんやりと考えていると、美里が胸板に顔を乗せて、言った。

「森田さん、旅行会社に正式に就職する気はない？」

「えっ……どういうことですか？」

「じつは、わたしの伯父《おじ》が旅行会社をやっているの。小さな会社だけど、旅行の計画から添乗まで、すべてできるのよ。この前、伯父に逢ったときに、今忙しいから、もうひとりくらい、とくに若い社員を雇いたいって言っていたから。どうかと思って……」

そうか、昨日、大原三千院で美里は何か言いかけてやめた。このことだったのか……。

「でも、俺、今の派遣、けっこう勉強になってますし……」

「だけど、このまま派遣をつづけるわけにもいかないんじゃないの？　お給料だって安くて、大変でしょ？」

「確かに……」

「お給料はいいみたいよ。そのぶん、忙しくて大変らしいけど。森田さんのように旅行好きで、何事にも熱心な人には向いている気がするのよね」

美里がそう言って、ちゅっ、ちゅっと胸板にキスをしてきた。

「いい話のような気がしてきました。もし、よかったら、紹介してください。そこで、実際にお話をうかがって、決めるってことでもいいですか？」

「大丈夫だと思うわよ。じゃあ、決心がついたら、わたしのケータイに連絡をして。わたしの名刺を渡しておくから」

「はい……ありがとうございます」

このツアーの前までは、志麻子に逢えずに落ち込んでいたのに、目の前が急に開けてきたような気がする。

「ねえ、もう一回しようか？　できそう？」

「もちろん……全然、平気です」

「頼もしいわ……あなた、サービス業に向いているよね。客にも、女性にもサービスすることが悦びでしょ？」

「……そうかもしれません」

「でも、今回はわたしがサービスしてあげる」

美里の顔が下へ下へと降りていき、淳一はイチモツが温かい口腔に吸い込まれていくのを感じて、「うっ」と呻いた。

第四章　主任の美脚

1

その日、淳一は面接を受けに、都内の旅行会社Sのオフィスに来ていた。

あれから、しばらく迷いながら、派遣添乗員をつづけ、季節は冬になった。

相変わらず添乗の仕事は少なく、そうなると、どうしても高瀬志麻子のことを思い出してしまい、彼女を忘れるためにも、ちゃんとした旅行会社に入ることを決意した。

まだ、空いているといいんだけど、と思いつつも、木内美里に連絡をした。

美里は快く対応してくれた。まだ募集しているようで、その数日後に、S社の面接が決まり、オフィスにやってきたところだ。

目の前には、主任である立花麻輝子《たちばなまきこ》が椅子に座って、足を組んでいる。

美里はこの人が旅行会社Sを実質的に取り仕切っていて、とても優秀な美人キャリアウーマンだと言っていた。

その言葉に間違いはなく、麻輝子はすらりとした体型の、ショートヘアの似合うきりっとした顔立ちの美人だった。タイトスカートからのぞく美脚は長く、すらりとしているが、スカートの裾《すそ》が短いので、むっちりした太腿も半ば見えてしまっている。

淳一が畏《かしこ》まって座っていると、履歴書を見ていた麻輝子が顔をあげた。

「大学を出てから、添乗員の派遣会社に所属していたわけね」

「はい」

「今は派遣会社で、どのくらい働かせてもらっているの？」

麻輝子が淳一を見た。ナチュラルなセミショートの髪で、きりっとしているが大きな目には目力がある。

「先月は四ツアーでした。いずれも、二泊三日で」

「そう……じゃあ、収入は十数万というところね」

「……そうです」

淳一は力なく答える。

そのとおりだった。派遣の添乗員は基本的に日給制から時給制に変わったが、初心者の淳一は時給が安い。

「それじゃあ、生活できないんじゃないの?」

麻輝子が眉をひそめた。

「そうです……ぎりぎりというか……」

都心から離れた安アパートではあるが、家賃を払うと、三食摂るのもつらかった。

「うちで働いたら? うちは月給で、二十万は保証するわよ。ただし……キツいわよ。うちは少数精鋭でやっているから。それに、自分で立てたプランのツアーは基本的に自分で添乗員をすることになっているの」

「旅行が大好きですから、キツくても全然かまいません。それに、前からツアーのプランナーもしてみたいと思っていました」

「そう……? じゃあ、もう幾つかのプランは頭にあるんでしょ? 教えてくれない。それを聞いて、判断するから」

「今ですか?」

「そうよ。旅行好きなら、ここに行って、ここを愉しんで、どのへんのホテルに泊まって、翌日は……って、当然考えているはずよ」

「……あります。たとえばですね……」

淳一は自分がプランナーならこういうツアーを企画するると夢想していた案を幾つか話した。それを興味津々で聞いていた麻輝子が、

「うん、面白い。合格！」

瞳を輝かせて言い、足を組み直した。

やったぞという気持ちと、麻輝子のすらりとした足があがって、交差する直前に見えたラベンダー色のパンティへの衝撃が同居した。

「ありがとうございます！」

ちらりと見えたパンティのことは心の隅に追いやり、淳一は起立して、深々と頭をさげる。

「ねえ、明後日から二日、空いてる？」

「ええと……はい。空いています」

「じゃあ、わたしの立てた樹氷ツアーに、きみもアシスタントとして参加してみない？　思ったより、客が集まって、ひとりじゃ、心もとないのよね。きみも樹氷のことをよく調べて、ガイドできるようにしておいて……ええと、このルートだから」

麻輝子は淳一の隣に来て、デスクに載っている旅のしおりを開いて、いろいろ

と説明してくる。

「樹氷は初めて？」

「はい……じつは以前に行ったことがあるんですが、もう溶けていて、よく見られませんでした」

「旅行のあるあるよね。お花見ツアーと紅葉狩り、樹氷だけは恵まれないと、どうしようもないのよ。でも、淳一……これから、きみのことを淳一って呼び捨てにするけど、いい？」

「はい、もちろん……かまいません」

「淳一、わたしのことは主任か、麻輝子さんでいいわ」

「わかりました。麻輝子さん」

立花麻輝子はきりっとした美人なのに、とてもざっくばらんで、やる気があって、決断が早かった。

旅行大好きという気迫も伝わってきて、この人となら上手くやっていけそうな気がする。

その夜、早速淳一の入社歓迎会が、少数の社員で近くの居酒屋の個室で行われた。

麻輝子以外にも、美里の伯父である木内英一郎《えいいちろう》も参加していた。

Ｓの社長であり、すでに六十歳を過ぎており、今はもっぱら経理を担当していて、社には週に二度しか出てこないらしい。見事なスキンヘッドだが、いつもにこにこしていて、包容力が感じられた。

この人のもとだから、麻輝子が自由に力を振るまえているのだろう。

「京都の紅葉狩りツアーで、姪《めい》の美里に出逢ったそうだね？」

「はい。ツアコンをしていまして……有馬温泉で麻輝子さんが足を挫いて、それからです、親しくしていただいたのは」

「聞いたよ。有馬の坂道を自分をおぶって歩いたんだから、絶対に根性はあります、って言ってたな。お勧めですってな」

英一郎が笑った。

「ああ、いえ、当然のことをしたまでです。美里さんには、ここを紹介していただいてすごく感謝しています」

「出逢いだよな、人生は……」

英一郎が遠くを見るような目をした。

じつは英一郎がこの会社を設立したのも、今はもう亡くなってしまった前妻との出逢いが原因だったのだと言う。

「大手の旅行代理店に勤めていてね、彼女はその客だったんだ。そこで知りあって、どうせなら自分たちで行きたいところに行きたいねって……それで、独立してここを立ちあげたわけだ」

英一郎がしんみりと言う。

と、そこに麻輝子が声をかけてきた。

「また、あの話ですか……社長、ほんと、亡くなった奥さまに惚《ほ》れていたのよね。もう、羨《うらや》ましいんだから」

麻輝子が社長の太鼓腹の贅肉《ぜいにく》をぎゅっとつまんだ。

「よしなさいよ……立花さんはほんと力があるんだから、痛いよ」

「社長に鍛えられたんですぅ……」

麻輝子が英一郎にしなだれかかった。

相当酔いがまわっているようだ。普段も元気だが、酔うといっそうパワフルになる。目が据わっているし、どこかとろんとしていて、危なっかしい。

英一郎が言った。

「森田くんも、立花さんに鍛えてもらいなさい。うちはこの人で持ってるようなものだから」

「はい……よろしくお願いします」

淳一が頭をさげると、麻輝子が肩に手をかけて揺さぶってくる。

「この、この、この……淳一は感じだけはいいんだから。人当たりがいいのよね……ほんとはむっつりスケベなくせに。面接のときも、わたしのスカートのなかを覗いてたでしょ？」

「ああ、すみません」

「二十三歳だものね。したくて、したくてたまらない頃よね。ガールフレンドはいるの？」

「いえ、いません」

そう答えながらも、淳一の頭のなかには、志麻子の姿が浮かんでいた。

「ほんとかしら？」

「ほんとですよ」

「ふうん……ああ、そうだ。淳一よりひとつ年下の社員がいるのよね。半年前に入ったばかりの子が。紹介しておくわ……絵美《えみ》、来て！」

遠いところに座っていた小柄で、ミドルレングスのボブヘアの女の子がやってきた。

　さっきから、他の社員とは異質な感じの、随分とかわいくて、清楚な子がいるなと思ってはいた。

「紹介するわ。この子が、橋爪《はしづめ》絵美さん。二十二歳で、うちに入社したばかり」

　麻輝子に紹介されて、

「橋爪絵美です。ほんと、まだわからないことだらけで……でも、旅行は大好きです」

　絵美がにこっとした。すると、向かって左側に笑窪《えくぼ》ができて、ますますチャーミングになる。淳一はドキッとしながらも、自分を紹介する。

　これまで、派遣の添乗員をしていたことを告げると、絵美が食いついてきた。

「いいですね。どこに行かれました？」

　興味津々で訊いてくるので、淳一はツアコンをしたツアーを順繰りに語っていく。

　きらきらした目で質問しながら話を聞く絵美を、とてもかわいいと思った。

2

樹氷ツアーの当日、淳一はツアーバスに乗っていた。

乗客を乗せた新宿発のバスは、一路、蔵王《ざおう》へと向かう。

今日は宮城側から雪上車に乗って、樹氷を見る。現地で一泊し、翌日は山形側からロープウエイを使って、樹氷を見る。要するに、樹氷見物に特化したツアーである。

麻輝子は動きやすいようにパンツを穿いているが、ぴちぴちのスキニーパンツなので、尻や太腿のラインがくっきりと透け出てしまっている。しかも、麻輝子は胸はさほどではないが、尻が発達したタイプなので、ついついその豊かな尻に見とれてしまう。

ヤバいのは、麻輝子はスキニーパンツをぎゅっと上まであげているので、股間のあたりにふっくらとした恥丘と、中心のスリットが浮かびあがってしまっていることだ。

麻輝子は立ちあがって、バスガイド用のバーにもたれ、乗客のほうを見ながら挨拶《あいさつ》をし、今回のツアーの行程を説明している。

なかなか流暢《りゅうちょう》で、ウイットに富んでいて、笑わせるところはきちんと笑わせる。

(さすが……！　人心掌握術に長《た》けている)

いい添乗員というのは、乗客を乗せるのが上手だ。

「じつは、わたし二十九歳の独身です。今、ここにいらっしゃる殿方でおひとりの方はぜひ、わたしに一報くださいませ。悪いようにはいたしません」

麻輝子が言って、どっと乗客が沸く。

「……では、蔵王までのバス旅をお楽しみください」

挨拶を終えて、麻輝子が座席に腰をおろす。

添乗員席として二席取ってあって、その窓側に淳一が、通路側に麻輝子が座っている。

次のトイレ休憩所までまだ時間があり、朝の早かった乗客がうつらうつらしはじめる。

と、そのときを待っていたかのように、麻輝子が毛布の膝掛けを自分と淳一の膝にかけた。

すぐに、麻輝子の右手が膝掛けのなかに潜り込んできた。その手が、何のためらいもなく、すっと淳一の股間に伸びてきた。

淳一がびっくりしていると、麻輝子が耳元で囁いた。

「知っているのよ。きみ、美里さんと寝たでしょ?」

「……!」

どうして知っているんだ? 淳一はぎょっとして、隣の麻輝子を見た。

「きみの紹介もかねて、美里さんが来てくれたの。二人でひさしぶりにお酒を呑んだら、彼女も酔いがまわったみたいで、じつはね……って、きみとのことを話してくれたのよ。まだ下手だけど、体力はものすごかったって……ここの具合もなかなかいいって……」

耳元で囁いた麻輝子が、毛布のなかで股間をさすりはじめた。

(女の人って、どうしてこんなにお喋《しゃべ》りなんだろう? しかし、まいったな……ああ、くっ……そこ、気持ち良すぎる!)

ズボン越しとは言え、だんだん硬くなってきた亀頭部の丸みを指先でこちょこちょとくすぐられると、ツーンとした快美感が走って、イチモツがびくんと頭を振る。

「ふふっ、今、びくって……さすが二十三歳。敏感ね……」

麻輝子がまた耳元で言って、今度はぐっと握ってきた。

ズボンを持ちあげた勃起を握って、ゆったりとしごき、亀頭部が触れている箇所を円を描くように指でなぞってくる。

「くっ……くっ……」

淳一は必死に声を押し殺す。

ここは運転席の真後ろだし、すぐ後ろの席にも初老の夫婦が座っている。

見つかってしまったら、非常にマズい。

麻輝子はしかとした顔で前を向きながら、右手だけを膝掛けの下で巧みに動かして、イチモツを強弱つけて握り、ゆったりとしごく。

まいった。バスの座席で、チンチンを触られたことはない。

(ダメだ。我慢だ……ここはツアーバスのなかなのだから)

必死にこらえようとした。

そのとき、麻輝子の指がズボンのファスナーにかかって、それを音もなくおろした。

前の締めつけがゆるみ、ブリーフを勃起が持ちあげているのがわかる。

すると、麻輝子はブリーフの開口部から手を入れて、いきりたつものをブリーフから取り出した。

見えないが、社会の窓からいきりたっている肉棹を、麻輝子がじかに握る。

先端が毛布に触れて、何だかくすぐったい。

麻輝子は前を見て、運転手の様子を確認した。通路を隔てた最前列の席には、添乗員があとで客に配るためのプリントなどが載っていて、客は座っていない。安全を確認した麻輝子が、ゆったりとしごきはじめた。

膝掛けが波打っている。

そして、握り擦られるたびに、ぐんぐん快感がひろがってきた。

（ああ、マズいぞ。このままでは、出てしまう……）

射精してもすぐに回復するところが長所だが、裏を返せば、早漏気味とも言える。

射精しそうになって、淳一は麻輝子の手を毛布の上から押さえ、ダメです、と顔を左右に振った。

すると、麻輝子はいったん手を離し、膝掛けの下で何かをしはじめた。腰を浮かしているから、自分のスキニーパンツをおろしているようだ。

（そんなことして、大丈夫なのか？　今、事故が起きたら、パンティが丸見えじゃないか！）

淳一は心配でならない。しかし、麻輝子は一切のためらいもなく動き、淳一の左手をつかんで、膝掛けの下に導いた。

（あっ……すごい！）

麻輝子の開かれた太腿にじかに手が触れたのだ。きっと、膝までおろされたスキニーパンツが開くぎりぎりまで、膝をひろげているのだろう。

「いいのよ……触って……早く！」

麻輝子が耳元で叱咤してくる。

周囲の目を気にしながらも、静かに内腿を撫でさすった。すべすべだが、肉がしなる感触がたまらない。

「くっ……くっ……」

声を押し殺して、麻輝子が足を開いたり、閉じたりする。

（ええい、このまま……！）

淳一は左手をおずおずと上へとすべらせる。利き腕ではないからままならない。

それでも、シルクタッチのなめらかなパンティの感触があって、そこに指を押しつけると、

「んっ……！」

びくっとして、麻輝子がうつむいた。

すべすべの基底部を指でなぞるうちに、そこがじっとりと湿ってきた。

強くさすると、柔肉がぐにゃりと沈み込んで、中指に左右の肉土手がまとわりついてくる。

さらに擦るうちに、明らかにそこが濡れてきて、

「うん……ううん……」

麻輝子はくぐもった声を洩らし、いけないとばかりに口を手でふさいだ。

淳一は心臓の高鳴りを感じつつ、なおも柔肉をパンティ越しに撫でさする。

と、麻輝子は腰を前後に振って、湿った基底部を押しつけ、太腿をぎゅうとよじり合わせる。それから、耳打ちしてきた。

「ねえ、直接、触って……横から入るでしょ？」

この人は淳一が思っていたより、はるかに性的に進んでいるんだ。奔放なのだと感じた。そうでなければ、自分がプラニングをしたツアーで、こんな大胆なことはしないだろう。

淳一は周囲の気配をうかがう。

中年ドライバーは運転に集中しているし、後ろの乗客も静かだ。きっと多くの人がうとうとしているのだろう。バスの揺れは眠気を誘う。車窓から見える景色もだんだん田舎になってきている。

（いいんだ。麻輝子さんが求めているのだから……）

左手の指をパンティの基底部のサイドから、内へとすべり込ませた。布地が浮きあがり、その下に、濡れた花芯《かしん》が息づいていた。

（ああ、こんなにぬるぬるにして……！）

ひどく濡れた肉の花弁の内側へと指をすべらせていく。鉤形《かぎがた》に曲げると、中指が、ぬるっとすべり込んでいって、

「んっ……！」

麻輝子が静かに顔をのけぞらせた。

とろとろだ。熱く濡れた粘膜が指を波打つように締めつけてくる。

そこを指で引っかくようにすると、クチュクチュと小さな音がして、麻輝子はいやいやをするように首を振った。

それから、右手を膝掛けの下に潜らせて、淳一のいきりたつものをじかに握ってくる。湧きあがる快感をぶつけるように肉棹をしごき、うつむいて、声を押し

殺している。

ひろがってくる快感をこらえて、淳一は中指で膣を擦りあげる。すでにぬるぬるを通り越して、とろとろだ。

熱い滾《たぎ》りをつづけざまに指で擦りあげると、麻輝子の屹立をしごく指が止まった。

毛布の下でいきりたちを握ったまま、耳元で囁いた。

「ダメっ、イキそう……」

麻輝子が指の動きにつれ、腰を前後に揺すって、濡れ溝を擦りつけてくる。

(イくんだな……イカせてやる！)

淳一が連続して膣を擦りあげたとき、麻輝子は「うっ」と声を押し殺しながらがくん、がくんと揺れた。

昇りつめたのだ。

麻輝子はオルガスムスに達しながら、淳一の勃起を握りつづけていた。

蔵王に到着して、一行は山小屋で長靴に履き替え、雪上車の到着を待った。しばらくして、グリーンの車体を陽光で光らせた雪上車、ワイルドモンスターがやってきて、二手に分かれて、乗り込む。

キャタピラで動く雪上車は、雪で真っ白になった斜面をゆっくりとのぼっていき、しばらくすると、樹氷原に到着した。

「今日のみなさんはラッキーですよ。最近、これだけきれいな樹氷が見られた日はありません」

という、樹氷ガイドの言葉どおり、雪上車の外に出ると、一面が樹氷だった。遠くには雪をいただいた山々が見え、その懐には、真っ白に氷結したクリスマスツリーの形をした木々が無数に並んでいる。

空の青と雪の白しか、色がなかった。

そして、近くには十数メートルはあろうかという樹氷がそびえたち、その巨大な兵士にも怪物にも見える樹氷は圧倒的だった。

「どう？　こんなの初めてでしょ？」

暖かそうな、赤いダウンを着た麻輝子が目を細める。

「すごいです。前に来たときは解けかけていて……大きくて、幻想的です。おとぎの国に迷い込んだみたいです」

淳一が答えると、麻輝子は満足そうにうなずいた。

「来てよかったでしょ？」

「はい……ほんと、誘ってもらってよかったです」

「少しはわたしに感謝してよ」

「もちろん」

淳一がうなずくと、麻輝子は耳に顔を寄せて、囁いた。

「バスでのあれ、すごく感じちゃった」

「えっ……ああ、はい……」

淳一は曖昧《あいまい》に答える。

その頃には、ひょっとして今夜あたりという期待感があった。

ぎりぎりの時間まで、樹氷を満喫した一行は、ふたたびワイルドモンスターに乗り込んで、下山した。

3

その夜、一行は蔵王の見える旅館に宿泊した。

夕食を終えて、和洋折衷の和室と洋室のある部屋で、淳一がのんびりしていると、ドアをノックする音がした。応対すると、

「わたし。明日のことで相談があるの」

麻輝子の声がした。

あわてて、ドアを開ける。赤いダウンコートを着た麻輝子が佇《たたず》んでいた。長めのダウンなので、尻まで隠れている。

「明日のことだけど……」

麻輝子が話しかけながら、和室に置いてあった炬燵《こたつ》のなかに足を入れた。部屋は暖房が効いているのに、なぜかダウンを脱ごうとしない。

「その前に、ビールを呑もうか。冷蔵庫に缶ビールがあるから、持ってきて」

淳一は言われたように、冷蔵庫から缶ビールを取り出し、それを炬燵のボードの上に置く。

プルトップを開けて、カンパイをし、ごくっ、ごくっと冷えたビールを呑み、

「ああ、炬燵に入って呑むビールは最高ね」

麻輝子がまるで男のように言う。

セミショートでナチュラルな髪型をしていて、顔立ちもくっきりしているから、まるで宝塚のトップスターのような趣がある。

「明日は山形蔵王だけど、行ったことはある?」

麻輝子が、前のファスナーを少しおろしたので、乳房のふくらみの上の丘陵と深い谷間がのぞいた。

(下には何もつけていないじゃないか！　こんな破廉恥な格好で廊下を歩いてきたのか？)

淳一はドギマギしながら答える。

「山形蔵王は行ったことがあります」

「そう……ロープウエイで蔵王山頂駅まで行って、山頂で二時間自由時間を取る予定。集合は駐車場に停《と》めてあるバスにするわ。それでいいと思う？」

「はい……それでいいと思います。ただ、上りのロープウエイがかなり混んでいるようなので、駅には早めに着いたほうが……」

「そうね。わたしもそう思う……どう、今のところは？」

麻輝子が訊いてくる。

「素晴らしいです。何より、天候に恵まれましたし、こんな晴天で樹氷がくっきり見えるなんて、ラッキーです」

「そうよ。わたしは晴れ女だから。どんないいツアーでも、天候が崩れると台無しだものね……この部屋と炬燵、暑いわ」

そう言って、麻輝子が赤いダウンコートの前を開いた。

（えええええ……！）

目が点になった。

ダウンの下には洋服も一切の下着さえつけておらず、ノーブラの乳房も白い腹部もダウンの内側にはっきりと見えているのだ。

麻輝子は半ば裸を見せる格好で、座椅子に座っている。ふっと微笑み、座り直した。

そのとき、淳一は浴衣の股間に何かが触れるのを感じた。

びっくりして炬燵布団を持ちあげる。赤外線の赤い光を浴びた麻輝子の足がぐっと伸びてきているのが見えた。

淳一は浴衣のときはブリーフを穿かない派だから、もろに足指を感じる。

よく動く親指でイチモツを擦られるうちに、それがいきりたってきた。

すると、麻輝子はふっと口許をゆるめ、さらに足を伸ばして、勃起を足指でさすってくる。手の指よりも硬くて、大きな足指がなぜか気持ちいい。

親指と人差し指で屹立を挟んで、しごいているのだ。

しかも、それをしている麻輝子は、ダウンコートの前がひろがって、乳房や腹部が見え隠れてしてているのだ。

（くうぅ、麻輝子さんはこういう人なんだ……！）

バスの車中でも、大胆にイチモツを握りしごき、自分のオマ×コに指を入れさせて、衆人環視のもとで昇りつめた。

大胆不敵というか、ビッチというか、性欲に素直というか……。

「どうしたの？」

麻輝子が艶然《えんぜん》と微笑んだ。

「はい……あの……麻輝子さんの足が俺の……」

「ふふっ、こういうのを足コキというのよ」

にっと笑った麻輝子が炬燵のなかに潜り込んできた。

こちら側の炬燵布団をあげると、麻輝子が赤外線のなかを這って、近づいてくるのが見える。

麻輝子は掛け布団から顔をのぞかせ、淳一のいきりたちを握って、ゆったりとしごきながら言った。

「キスして」

淳一は顔を傾けて、唇を合わせる。すると、麻輝子は情熱的に唇を吸い、舌をからめながら、屹立を握りしごくのだ。

それから、麻輝子はキスをやめて、そそりたつものに唇をかぶせた。

炬燵から顔をのぞかせながら、「うん、うん、うん」と激しくストロークして、イチモツを頰張ってくる。

気持ち良すぎた。

炬燵のなかでのフェラチオはもちろん初体験で、麻輝子の強烈なバキュームフエラに、すぐに射精しかけた。

（ぁああ、出ちゃう……！）

淳一はとっさに麻輝子の顔を押さえて、動きを封じた。

すると、麻輝子が炬燵から出てきた。

こういうのを何と表現したらいいのだろう。

麻輝子はお尻が隠れるほどのダウンコートを着ていて、その前をはだけているので、形のいい乳房やセピア色の二つの乳首、下腹部に生い繁った細長い翳りも丸見えなのだ。

普通はダウンの下にはニットなどの服を着ている。なのに今は服どころか、下着もつけていないのだ。ダウンをはおっただけの女体は、その抜けるような白い乳房と赤いダウンの対比が抜群にいやらしくて、ひどくそそられる。

「舐められる？」

麻輝子が立ちあがり、片足を炬燵のボードにかけた。

うなずいて、淳一も炬燵から出て、前にしゃがんだ。

持ちあがった片足をつかんで、股間に潜り込むようにして、翳りの底を舐める。

そこはすでに潤みきっていて、舌がぬるっ、ぬるっとすべり、

「あっ……あっ……ぁあああ、ステキよ。上手……淳一の舌、つるつるで気持ちいい……ぁああ、馴染《なじ》んでくる。ぁあああああ」

麻輝子は顔をのけぞらせて、がくん、がくんと膝を落とす。

さらに濡れ溝を舐めしゃぶっていると、

「窓際に行こうよ」

そう言って、麻輝子が歩いていき、窓のカーテンを開け放った。

五階の客室からは、蔵王の山々の稜線《りょうせん》がはっきりと見える。

眼下には真っ白になった旅館の駐車場や、道路が見える。

(下から見あげたら、麻輝子さんの姿が視界に入ってしまうんじゃないか？)

だが、麻輝子は両手を窓について、ぐっと腰を後ろに突き出してきた。

ダウンがまくれて、真っ白な尻がこぼれでている。赤いダウンからのぞく真っ白で肉感的な尻が、ひどくいやらしい。

麻輝子は胸よりもヒップが豊かだから、その姿をいっそう卑猥に感じてしまう。

「舐めて」

麻輝子がせがんで、尻をくねくねと振った。

(外から見えそうだけど、麻輝子さんが求めてくるのだから、かまうものか)

淳一はしゃがんで、双臀の谷間に舌を走らせる。茶褐色のアヌスがひくひくっとうごめいている。

その下に、女の切れ目があって、ふっくらとして肉厚な肉びらが、舐めるにつれてひろがって、内部の濃いピンクの粘膜が姿を現す。

そこはびっくりするほどに濡れて、愛液が下のほうに溜まっている。それを舐め取るように舌を上下に走らせると、

「んっ……あっ……ああああ、いい……感じる。淳一の舌、気持ちいい……ぁあああ、そこ好き……そこ感じる……あうぅぅ」

麻輝子が背中を反らせる。

そこ好き、のそこは、膣口のことだ。

笹舟形の上方で窪んでいる膣口に丸めた舌を押しつけ、なるべく奥に入るように舌で抜き差しをする。舌を丸められなくて、思うようにはできない。それでも、濡れた膣口が舌でたわむような感触があって、

「ぁああ、そう、それ……ぁああ、欲しくなる。淳一のおチンチンが欲しくなる」

麻輝子が腰をじりっ、じりっと揺らめかせた。

『おチンチン』などと言われると、ひどく昂奮して、淳一のおチンチンはますますギンとしてくる。

「ぁああ、ねえ……もう欲しい……入れて、お願い！」

麻輝子が哀願してきた。

淳一は立ちあがって、真後ろに立ち、赤いダウンをめくりあげた。あらわになったウエストをつかみ寄せ、もう一方の手で屹立を導いた。

バックからするときの膣口の位置はだいたいわかってきた。

尻たぶの谷間に沿っておろし、柔らかくまとわりつく箇所に狙《ねら》いを定めて、慎重に腰を進めていく。

切っ先が入口を突破してすべり込んでいく感触があって、

「ぁああ……！」

麻輝子が艶めかしく声を洩らした。

「くっ……」と淳一も奥歯を食いしばる。

まるで、煮詰めたトマトのなかに突っ込んだようで、なかは熱く滾っていた。

それなのに、奥まで打ち込むと、とろとろの粘膜が屹立を柔く締めつけてくる。

じっとしていると、内部の肉襞《にくひだ》が波打つようにざわめき、勝手にきゅ、きゅんと肉棹を包み込んでくるのだ。

（くっ、すごい……！）

淳一はその締めつけを存分に味わった。

ウエストが見事なまでにくびれ、そこから、大きな尻が急峻な角度でひろがっている。その尻の底に自分のイチモツが入り込んでいるのが、不思議でしょうがない。

ゆっくりと腰をつかうと、窮屈な細道を切っ先が押し広げながらすべっていき、

「んっ……んっ……ぁあああ……すごくいい……きみのおチンチン、カリが張っているから、かきだされるみたいよ。うっとりしちゃう……ぁあああ、あああ
ああ」

麻輝子は感に堪えないといった声をあげて、自分から腰をつかう。ガラスを両手でつかみ、腰を後ろに突き出し、また前に引く。それを繰り返す姿が鏡と化したガラスに映り込んでいた。

一面が真っ白な雪に染まっていて、それを背景に、両手をガラスについた麻輝子が背中を反らせて、気持ち良さそうに眉を八の字に折る姿が、映っている。

生まれたままの姿の上に、赤いダウンコートだけをはおっている。

前がひろがって、形のいい乳房も、後ろで腰を振り立てている淳一の姿も見える。

激しく突いたら、きっと出してしまうだろう。淳一は自分をコントロールして、ゆっくりと腰をつかう。

射精しないように浅いところをつづけて突く。それだけではもの足りなさそうなので、いきなり、ズンッと奥まで届かせる。

「あう……！　あん、あん、あん……あう……！」

突きのリズムに合わせて、麻輝子は喘ぎをこぼし、がくん、がくんと膝を落とす。

深いところを連続して突かなければ、どうにか持ちそうだった。女性も三人目で、自分も少しは成長しているのだと思った。

（そうか。こういうときはピストンだけじゃなくて……）

淳一は思いついて、右手を脇からくぐらせ、ふわふわのダウンを押し退《の》け、じかに乳房をつかんだ。やわやわと揉みしだくと、

「ぁああ、これ好き……ぁああ、そこ……先のほうも……ぁあああ、乳首が感じる……」

麻輝子が心底気持ち良さそうなので、淳一は自分の愛撫に自信が持てた。

尖ってきた乳首を指で捏ねまわし、トップを押しつぶすようにぐりぐりする。そうしながら、時々、ズンッと後ろから突く。

「ねえ、ベッドに行こ。大丈夫よ。入れたままで……」

そう言って、麻輝子は窓を離れる。

淳一は結合が外れないように、麻輝子の腰を引き寄せながら、あとをついていく。麻輝子は後ろから入れられたまま一歩、また一歩と前に進み、洋室のベッドまでたどりつく。

「わたしだけベッドにあがるから。淳一は床に立っていて……そのままストロークできるから」

麻輝子ははおっていたダウンを脱いで、結合が外れないようにゆっくりとベッドのエッジに四つん這いになった。

4

やってみると、すごく動きやすい。麻輝子の膣の位置とペニスの位置がちょうど合って、しかも、これなら全身を使って打ち込めるから、まったく疲れない。

(そうか……こんなバックがあるんだな)

頭に叩き込んだ。

後ろから見る全裸の麻輝子は、比較的肩幅がある。徐々に細くなっていくウエストと、そこから急激にひろがっていく大きな尻が抜群にセクシーだ。

調子に乗ってぐいぐい叩き込むと、パチン、パチンと乾いた音がして、

「あんっ、あん、あんっ……」

麻輝子が甲高い声を放つ。

開放的と言うか、ここが旅館でしかも添乗員の部屋だということなどおかまいなしだ。淳一は最初心配だったが、それも麻輝子に引きずられて忘れてしまう。

後ろから激しく突くと、麻輝子は下を向いた乳房を豪快に揺らし、背中を弓なりに反らせ、あんあん喘ぐ。

だが、つづけていると、射精前に感じるあの逼迫感が下半身を満たした。

「ダメです……出そうだ」

「待って……もう少しでイケるから。いいわ。そこに寝て」

麻輝子に言われて、淳一はベッドに仰向けになった。すると、麻輝子が腰をまたいで、すっと立った。

すごいアングルだった。

うつむいたセミショートの髪ときりっとした顔立ち、美乳は下側の充実したふくらみが強調され、引き締まった腹の底には細長い翳りが生えている。

とにかく足が長くて、下から見ると、いっそうすらりとした美脚が強調され、しかも、尻がデカいので、迫力がある。

麻輝子が腰に両手を当てて、言う。

「これから、きみには旅行業界のすべてを叩き込むからね」

「はい……頑張ります」

「ついでに、セックスのノウハウも教えてあげる。わたしが何人目だっけ？」

「ええと……三人目です」

「ふうん、相手は誰？　美里さんと……」

「……それは、言えません」

「言えない？」

「はい……ちょっと……」

「ふうん、何か訳ありね」

「そういう麻輝子さんは、今、カレシはいるんですか？」

淳一は切り返して、気になっていたことを訊いてみた。

「今はいないわね。基本的に途切れさせたことはないんだけど……いないから、きみを誘っているんじゃないの」

怒ったように言って、麻輝子がしゃがんだ。

いきりたちを指で濡れ溝に導き、そのままゆっくりと沈み込んでくる。勃起が熱いほどの蜜壺《みつつぼ》に嵌まり込んでいき、

「ああああうぅぅ……！」

麻輝子は上体をまっすぐに立てて、もう一刻も待てないとでも言うように腰を前後に振りはじめた。

勃起を感じるところに擦りつけるようにして、腰を前後に打ち振り、

「ぁああ、ああ……いい……きみの大きさも反りもちょうどいい。カリが張ってるから、気持ちいいのよ。美里さんもそう言ってなかった？」

「……そうおっしゃっていた気がします」

「そう言えば、美里さん、いい人ができたそうよ。ようやく前のご主人のことを吹っ切れたみたい。キッカケはきみだって言ってたわよ」

「……よかったです」

「ふふっ、この偽善者が。ほんとうは嫉妬しているくせに。本心は、美里さんともっとしたかったんでしょ？　白状なさい」

麻輝子が前に屈んで両手をつき、腰を持ちあげて、そのまま打ち据えてくる。

何度も縦に腰をつかってから、今度はグラインドさせるので、淳一の勃起は揉み抜かれ、根元からへし折られそうになる。

「きみも嫉妬を感じたでしょ？　白状なさい！」

「ああ、はい……残念だって思いました」

「残念か……そうよね。男は正直じゃないとね」

そう言って、麻輝子がキスをしてきた。

ふっくらとした唇を押しつけ、舌をなかに入れてからませる。そうしながら、腰をつかうので、淳一はたまらなくなる。身心ともに蕩けていくようだ。

麻輝子は上体を起こし、両膝を立てた。蹲踞の姿勢で、淳一を見おろしながら、腰を上下に激しく打ち振る。

屹立がずんずんっと奥を突いて、

「あんっ、あん、ぁあん……！」

麻輝子は華やいだ声をあげて、さらに腰を縦につかう。

スタイル抜群のキャリアウーマンが自分の体の上で、飛び跳ねている。そのたびに、美乳も縦に波打ち、膣がぎゅっ、ぎゅっといきりたちを締めつけてくる。

射精しそうになるのを必死にこらえていると、麻輝子が言った。

「イキそうなの……イッていい？」

「どうぞ……」

「どうぞ、はないでしょ！」

麻輝子が怒った。

その憤りをぶつけるように激しく腰を縦に振り、さらに、前後に揺すって、

「ぁああ、ダメ……イキそう。ほんとにイキそう……いいわね。イクわよ」

「はい……！」

「あんっ、あん、ぁあああ……イキます……くっ！」

麻輝子が痙攣しながら、前に突っ伏してきた。

淳一に抱きついて、がくがくと震えている。

（すごいぞ、俺……！　麻輝子さんがイッたのに、俺はまだ出していない！）

淳一は自分に自信が持てた。

筆おろしをしてもらったときはあっと言う間に出してしまった。なのに、今は女性がイクまで我慢できる。

こうなると、麻輝子をもっとよがらせたくなる。そう思うのはきっと男のサガなのだ。

ぐったりした麻輝子を仰向けにして、膝をすくいあげた。

蜜まみれの割れ目が膣のところだけ口を開いている。そこに切っ先を押し当てて、ゆっくりと沈めていく。硬直が嵌まり込むと、

「ぁああ……すごい！」

麻輝子が顔をあげて、感心したように言った。

「まだカチカチ……若いのね」

「……行きますよ。もっと、感じてください」

淳一は膝をすくいあげて、押しつけながらひろげる。そして、持ちあがってきた膣口めがけて、勃起を打ち込んでいく。

上から打ちおろし、途中からすくいあげる。

誰かに教えられたわけではない。ただ、こうしたほうが、膣の上側を擦りあげながら、届く感じがする。

ずりゅっ、ずりゅっと肉棹が膣粘膜を擦りあげていって、

「あん、あんっ、あんっ……突き刺さってくる。子宮に突き刺さる。お臍を突きあげてくる。ぁあああ、許して……もう、許して」

麻輝子が眉を八の字に折って、訴えてくる。

「ダメです。許しませんよ」

ごく自然にそう答えていた。

力の限り叩き込むうちに、淳一も追い込まれる。

だが、ここは我慢だ。麻輝子をもう一度イカせるのだ。そして、麻輝子に自分を男として認めてもらいたい。

淳一は奥歯を食いしばって、徐々にストロークのピッチをあげていく。

「あん、あん、あん……ぁあああああ、ぁああああ、許して、もう許して……ぁあああ、ああああああうぅぅ」

麻輝子が陶酔した表情を見せて、シーツを鷲《わし》づかみにした。

(よし、このまま一気に……！)

淳一は膝裏をつかむ指に力を込めて、ぐっと膝を押しつけ、奥まで連続して届かせた。

「あんっ、あん、あんっ……ぁあああ、イっちゃう。ねえ、またイッちゃう……イッていい？」

麻輝子が訊いてくる。

「いいですよ。そうら、俺も……」

しゃにむに突いたとき、麻輝子の気配が逼迫してきた。それと同時に、膣の粘膜が締めつけてきて、ぐっと快感が高まった。

「あん、あんっ、あん……イク、イク、またイッちゃう……そのまま、そのまま……ぁああ、イクわ！　やぁあああああああ、くっ！」

麻輝子が大きくのけぞって、顎を突きあげた。

びくびくっと膣が締まってきて、駄目押しとばかりに貫いたとき、淳一も放っていた。

「ぁあぁぁ……！」

女のような声をあげ、熱い男液をしぶかせる。

放ち終えて、がっくりと覆いかぶさっていく。

「……すごかった。けっこうやるじゃない。ふふっ、美里さんが言っていたことはウソじゃやなかったのね」

麻輝子が満足そうに髪の毛を撫でてきた。

5

翌日、ツアー客を乗せ終えて、二人は次のロープウエイに乗り込んだ。

ゆっくりと昇っていく間に、樹氷のもとになるトドマツの木々もどんどん白くなり、樹氷へと育っていく様子がよくわかる。

ドアの前に立って、窓から傾斜にそそりたつ木々を眺めていると、麻輝子が近づいてきた。

そして、ドアと下半身の隙間《すきま》に右手を差し込んでくる。エッと思っている間にも、麻輝子の長い指が綿入りズボンの股間をやわやわとなぞりはじめた。

(えぇっ……!)

見つかったらヤバいと周りを見たが、みんな周囲の樹氷に見とれていて、こちらを気にしている者はいない。

その間にも、麻輝子はさらに身体を寄せ、テントを張ってきたそこを握って、しごく。

麻輝子にしてみれば、これはちょっとした悪戯のつもりなのだろう。

しかし、もし見つかったらと思うと気が気でない。それでも、不肖のムスコはいさいかまわず、力を漲らせてくる。

そして、ギンとしてくるほど、握りしごかれると気持ち良くなってしまう。

「ねえ、わたしのあそこも触って」

麻輝子が耳打ちしてくる。

同じ赤いダウンを着ているから、昨夜のことを思い出してしまう。

周囲を見まわして、淳一はおずおずと手を伸ばし、ダウンの下のズボンの股間をまさぐった。寒いはずなのに、フィットしたパンツを穿いているので、その下の女の器官をもろに感じる。

ぐにゃぐにゃと沈み込む箇所を指でさすっていると、麻輝子は腰をくなくなさせて、

「気持ちいいわ」

耳元で囁く。

夢のようだった。まさか、アイスモンスターが乱立するおとぎの国で、こんな大胆なことをできるなんて……。

麻輝子がさっと手を引いた。

ロープウエイが頂上駅に到着するのだ。

スピートを落としたロープウエイが停まって、二人は降りる。

淳一の股間はテントを張っていて、歩きにくい。見られるのも恥ずかしい。

そこをさり気なく隠して、頂上に降り立つと、

「来て」

麻輝子が淳一の手を引いて、頂上駅にあるレストランに入っていく。そこでいったん席を取り、麻輝子とともに、トイレに向かった。

男子用トイレを覗いて、人がいないことを確かめると、麻輝子は淳一の手を引いて、個室に入る。ドアを閉めて、内鍵を締めた。

そのトイレは窓から樹氷が見える。

「お口でしてあげる。出していいのよ、ごっくんしてあげるから」

そう言って、麻輝子がしゃがんだ。

「どう、樹氷は見える?」

麻輝子が訊いてくるので、「はい」とうなずく。

窓から、森の斜面にできた樹氷が見える。宮城側の大きな怪物のような樹氷とは違って、だいたいが木の形を留《とど》めていて、かわいらしい感じだ。

麻輝子が、淳一の綿入りズボンをブリーフとともにおろし、いきりたっているものを見て、

「すごい、ここもモンスターだわ。出していいからね」

にっこりし、いきなり頬張ってきた。

「あっ、くっ……!」

ここでは外気が冷えているせいか、麻輝子の口をいっそう温かく感じる。

(ああ、気持ちいい……)

温かい口のなかで、冷えていた勃起が温められ、そこをふっくらした唇と舌でじっくりとかわいがられる。

小さな窓の向こうには、無数の樹氷がそそりたっている。

人が入ってきて、小便をしているのがわかる。だが、声をあげなければ、わからないだろう。まさか、ここでフェラチオに精を出しているカップルがいるなんて、誰も思わない。

目の前にしゃがんだ麻輝子の毛糸の帽子が揺れて、ジュルルッと本体を啜《すす》りあげる唾《つば》音がかすかに聞こえる。

さらに、根元を握ってしごかれ、それと同じリズムで唇を往復されると、もうこらえきれなくなった。

「出ます！」

小声で言うと、麻輝子が大きな目で見あげて、うなずいた。

それから、一気に加速して、根元と亀頭冠を猛スピードでしごかれるうちに、熱い塊が一気に上昇した。

「あ、くっ……！」

精液が勢いよく、麻輝子の口で弾ける。

夢のような快感だった。放ち終えたとき、麻輝子がさらに吸いあげてくるので、残りの男液が搾り取られていく。

麻輝子はこくっと精液を嚥下《えんか》して、口許を拭き、淳一のズボンをあげた。

立ちあがって耳を澄まし、トイレに人がいないことを確認すると、

「出るわよ」

個室のドアを開けて、外に出る。

レストランで温かいコーヒーを飲む間も、淳一はトイレでの樹氷を見ながらのフェラチオを思い出して、にやにやしてしまうのだった。

第五章　年下のガールフレンド

1

正式にＳに入社した淳一は、麻輝子について様々なことを学んだ。

ツアーのプランの立て方、交通機関やホテルとの交渉、みやげ物屋の取り込み方……。

多忙でキツい。だが、もともとこれをしたかったのだから、幸せな時間でもあった。

その間にも、麻輝子は折りを見て、淳一をベッドに誘ってくれた。

いや、ベッドというより、他の場所でのセックスが多かった。

ツアー途中での交通機関、たとえば、新幹線でのトイレや喫煙所。旅程に温泉が入っている場合は、貸し切り風呂でセックスをした。

もちろん、ツアーに同行しないときは、東京でもした。

ホテルでは、深夜にわざわざ自動販売機の設置された、奥まったスペースで、セックスをした。立ちバックをしているときに、自動販売機で飲み物を買おうとした客がいきなり入ってきて、ぎょっとして、出ていった。

そんなとき、麻輝子は『昂奮したわね』と微苦笑するのだ。

人生でも、仕事でも挑戦的なアグレッシブな女性だが、セックスでもそれは同じなのだと思った。

淳一は、逢ってくれない叔母の志麻子のことを忘れたかったから、麻輝子と過ごす時間はとても貴重だった。

しかし、麻輝子があるときから急に、セックスの相手をしてくれなくなった。

しばらくして、麻輝子が淳一をディナーに誘った。途中でこう言った。

「じつはわたし、カレシができたの。だから、きみとはもうしないと決めたのよ……でも、きみの教育係はちゃんとするから」

そんな気がしていた。

麻輝子のカレシは主に旅行を記事にする三十六歳のフリーライターで、大畑《おおはた》というらしい。大畑は独身であり、麻輝子は彼に以前から好意を持っていた。

そして、この前、麻輝子が企画したツアーに参加した彼と酒を呑みながら歓談するうちに、意気投合して、旅先で抱かれてしまった。

彼とはセックスの相性も良く、二人はつきあいはじめたのだと言う。

「彼、いい記事を書くのよ。それに、性的にもアドベンチャーなの。要するにちょっとヘンタイだから、わたしと気が合うのよね。結婚するかどうかはこれから次第だけど、彼とつきあっても損はないかなって……うちのツアーも記事にしてくれるしね」

そう言って、麻輝子はにこっとした。

麻輝子とのセックスができなくなることはショックで、残念だが、そういう事情なら仕方ない。

「わかりました。お二人が上手くいくことを祈っています」

淳一が言うと、

「ほんと、きみっていい人すぎて、偽善者に見えるよね。まあ、そこがきみのいいところ。添乗員には向いているわね」

麻輝子はパスタをフォークでくるくる巻いて、口に運んだ。

それから、淳一を見て言った。

「きみ、橋爪絵美のこと、どう思ってる?」

絵美は淳一の半年前に入社した二十二歳の年下社員で、何をやるにも一生懸命で、容姿もかわいいから、淳一は好意を抱いていた。そもそも彼女に好意を持たない男性などいないだろう。

「……一途《いちず》で、かわいい人だと思っています」

「それだけ?」

「えっ……どういう?」

麻輝子はきりっとした顔を傾けた。

「わからないの? 鈍いわね。絵美、きみのことが好きなのよ」

麻輝子が真剣に言う。

「えっ……ほんとですか?」

「ほんとうよ。ほんと、鈍いんだね」

「すみません……これまで自分を好きになった女の人って、いないから」

淳一は頭を掻く。

「そうかしら? たんに見逃しているだけだと思うわよ。この前、絵美と呑んだときに、確認したら、彼女、きみを好きだと言ってたわ。彼女、旅行好きなんだけど、きみはそれ以上に旅行好きで、地方のことにも詳しいし、尊敬しているって……でも、それ以上にきみが文句も言わずに、ひたすら働いているところが好きらしいわよ」

淳一はドキドキしてきた。間接的で、直接彼女から聞いたわけではないが、麻輝子はウソをつくような人ではない。多少は誇張しているのだろうが、作り事ではないだろう。

「どう、今度、三人で食事をしない？」

「……？」

淳一はびっくりして、麻輝子を見た。

「わたしも、きみをその気にさせておいて、振ることになって、若干申し訳ないことをしたって思っているのよ。だから、二人を結びつけるキューピッドになれたら、いいなって……淳一が絵美のことを何とも思っていないなら、意味はないけど……でも、好意を持っているんでしょ？」

「ええ、はい……」

「だったら、わたしに任せなさい。あんないい子、そうそういないわよ。かわいいし、性格もいいし、オッパイも大きいし……言うことなしじゃない。どう、わたしに任せるわね？」

急なことで戸惑ったが、ここまで言われたら、お任せするしかない。淳一はしっかりとうなずく。

「はい、決まりね。今度、連絡するから……今夜は好きなだけ食べて、わたしのオゴリよ」

麻輝子がきっぱり言うので、淳一もその気になって、残っていたパスタを平らげ、次にピザをオーダーした。

2

一週間後、三人は横浜中華街の店で、点心料理を食べていた。

麻輝子がどうせなら、横浜に行きましょうということで、中華街での夕食となった。

麻輝子はパンツを穿いて、相変わらず凜《りん》として、セクシーだ。

一方、橋爪絵美は紺色のスーツの上下で、どちらと言うと野暮ったい。それでも、ミドルレングスのボブヘアが似合っていて、とてもかわいらしい。

容姿だけ見たら、アイドルグループの一員だと言っても、誰も疑わないだろう。

淳一も麻輝子も横浜中華街には何度か来たことはある。しかし、絵美は中華街の店で本格的な中華を食べるのは初めてらしく、どこかおどおどしていて、それを淳一は初々しく感じてしまう。

麻輝子は紹興酒《しょうこうしゅ》を呑み、中華を口に運びながら、おとなしく無口な絵美から話を引き出そうとしているのがわかった。

絵美はなかなか自分のことを語ろうとしなかったが、地元は宮城県で、大学のために上京し、大学を出て、この会社に入社したことはわかった。

「宮城といっても、仙台のような都会とは違って、片田舎出身ですから。わたし、ほんとドンくさくて、自分でもいやになります」

そう言って、絵美はきゅっと唇を嚙む。

どうやら謙遜《けんそん》ではなく、実際にそう感じているようで、今時珍しく純な子なのだと感じた。

だが、旅行は大好きで、地元の松島《まつしま》のことを話題にすると、途端に雄弁になる。お酒には弱いらしく、ちょっと紹興酒を呑んだだけでも、頰や首すじが赤く染まり、そこがまた愛らしかった。

顔はアイドル系で目はぱっちりしているものの、ブラウスを持ちあげた胸などは横から見ると、その張り出し方がすさまじく、裸にしたらきっとすごいのだろうと思った。

三人が腹いっぱいになった頃、がっちりした体格で、くたびれたスーツにコートをはおった男が近づいてきた。すると、麻輝子が立ちあがった。

「遅かったじゃないのよ」

「ああ、悪いね。原稿書くのに時間がかかって……」

男が、すまなさそうな顔をした。

(ということは、この人が麻輝子さんのカレシの大畑さん?)

彼がここに来たのにもびっくりしたが、それ以上に驚いたのは、そのカレシがお世辞にも美男とは言えない無骨な顔をして、ダサい服装をしていたことだ。

麻輝子が惚れたくらいだから、もっといい男だと思っていた。

きっとつきあうほどに味の出る男なのだろう。いい意味で、麻輝子を見直した。

「紹介するわね。わたしのボーイフレンドの大畑さん。旅行ライターをしていて、うちのことも記事にしてくれるから、あなたたちも知り合っておいて、損はないと思うのよね」

麻輝子はそう言って、淳一と絵美を紹介し、三人は名刺の交換をした。

「でも、残念ながら彼の席は取ってないから、今日はこれで……わたしたち、これから二人で港の見えるホテルに泊まって、夜景を愉しむから。じゃあ、わたしたちは失礼するわね。ここのお勘定は済ませておくから……じゃあね」

麻輝子はいきなり言い、大畑に腕をからめて、店を出ていった。

淳一はぽかんとしたが、これはきっと麻輝子が気を利かせて、淳一を絵美と二人にしてくれたのだろう。

だが、二人になると気まずくなった。

淳一はあまりデートというものをした経験はないし、絵美は男と二人で食事をしたこともないらしかった。

しょうがないので、淳一は埠頭《ふとう》までの散歩を提案した。

店を出て、中華街を突っ切り、着いたところは山下《やました》公園だった。

海洋博物館の氷川丸《ひかわまる》が碇泊《ていはく》していて、他の桟橋にも大きな船が繋がれていて、色とりどりの明かりを放っている。

残念ながら淳一は横浜のことをあまりよく知らない。

山下公園の、港が見えるベンチに、絵美とともに腰をおろす。

絵美は恥ずかしいのか、くっついてこないので、淳一のほうで距離を詰める。

寒いから肩を抱き寄せたい。しかし、手が動かない。

しょうがないので、自分の身の上話をしていると、突然、絵美が語り出した。

「わたし、じつは男性恐怖症なんです」

「えっ……？」

事情を訊くと、絵美は大学時代にサークルの先輩に強引にせまられ、押し倒されそうになり、助けを求めて、どうにか難を逃れた。

「それから、わたし、男の人が怖くて……でも、森田さんは違うような気がして。だから……」

「俺は大丈夫だよ。安心して……ほら」

淳一は絵美の手に手を重ねて、

「冷たい手だね。ここに入れるといい」

コートのポケットに絵美の手を導いた。何かの本で、こうすると二人の仲が深まると読んだことがある。

「温かいだろ？」

「ええ、すごく温かい……」

絵美の表情が和らいだ。

二人の身体が近づいたので、淳一はゆっくりと右手を肩にまわす。

絵美は一瞬びくっとしたが、しばらくすると、そっと身体を寄せてきた。

淳一はもうドキドキして、胸が張り裂けそうだ。

だが、ここで動揺したり、焦っているところを見せてはいけない。

淳一はズボンの下の分身が徐々に力を漲らせるのを感じる。しかし、そこは隠した。

絵美に男はみんなケダモノなのね、と思ってほしくないからだ。

港の遠くには大きな船が碇泊しているのが見える。近くにも街のイルミネーションが光っている。

鼓動が激しい。しかし、それはどこか至福に満ちている。

やっぱり、自分は絵美が好きなのだと思った。

だが、絵美は男性に対して恐怖心を抱いているのだから、ここで強引なことはできない。ゆっくり、じっくりとその恐怖心を取り除いていかないと。

しばらくそのままいて、

「身体が冷えちゃう。帰ろう」

淳一は立ちあがり、絵美と肩を並べて、駅に向かった。

2

一カ月後、淳一はレインボーブリッジの見える、芝浦《しばうら》のベイエリアに建つ高層ホテルに、絵美とともにいた。

今日は決戦の日だった。

なぜなら、今日は絵美の二十三回目の誕生日だからだ。

さっき、海の見えるレストランで、絵美の誕生日をディナーとケーキで祝った。ベイエリアのこのホテルを予約したのも、絵美のバースディを祝うに相応しいホテルだと思ったからだ。宿泊料は安くはないから、これで、淳一は次の給料をもらうまでは、財政的に厳しい日々を強いられる。だが、絵美を抱けるなら、そのくらい何でもない。

淳一は先にバスを使い、絵美が出てくるのを待っていた。

このバスルームからは、ブルーの照明に浮かびあがるレインボーブリッジと、お台場のイルミネーションが見える。ワインのサービスもついていて、カップルが二人でバスにつかりながら、レインボーブリッジを見られるようになっている。

本当はそうしたい。

しかし、それは淳一が絵美を抱いてからだ。

おそらく、絵美は処女だろう。

この一カ月で、絵美の男性恐怖症を治すために、様々なことをしてきた。

デートをしても、キスで止めていた。

今日、誕生日を祝いたいからと、初めてホテルに誘った。絵美は最初ためらっていたが、ベイエリアのホテルで、バースディケーキも用意するからと言うと静かに首を縦に振った。

今も絵美はシャワーを浴びながら、きっと不安でいっぱいだろう。

これまでは、年上の女性を相手で、どちらかと言うと受け身だった。しかし、今回は違う。淳一が主導権を握らなくては……絵美はまだバージンなのだから。

備えつけのバスローブをはおって、窓から外の夜景を眺めていると、バスルームのドアが開いて、絵美が出てきた。

白いバスローブの腰紐をぎゅっと締めて、胸元が出ないようにしている。そのいかにも処女という様子が、淳一をかきたてる。

絵美ははにかみながら、淳一の隣に立った。

「レインボーブリッジがきれい……幻想的で、夢の世界にいるよう」

窓から外の夜景を見ながら、吐息をついた。

「そうだね」

しばらく二人で夜景を見てから、淳一は絵美の背後にまわった。

後ろから静かに抱きしめると、絵美は一瞬、びくっとした。

「大丈夫。やさしくするから、安心して……」

耳元で囁くと、絵美はうなずいて、身を任せてきた。

身体のこわばりが取れて、後ろの淳一に背中を預けてくる。

(やさしく、やさしく……)

淳一は自分に言い聞かせて、ボブヘアからのぞくうなじに、ちゅっ、ちゅっとキスをする。

「んっ……あっ……」

絵美は首をすくめて、小さく喘いだ。感じているのだ。

たとえ、男性が怖くても、ちゃんと感じるのだ。絵美は不感症ではない。そのことが、淳一を勇気づける。

「胸を触るよ、いい?」

念のために、打診した。すると、絵美は小さくうなずく。

淳一は手を伸ばして、胸のふくらみをそっとつかんだ。絵美は巨乳だから、バスローブ越しにでも、たわわなふくらみが柔らかく弾むのがわかる。

「絵美、好きだよ。何も心配しなくていいから」

やさしく言い聞かせて、もみもみする。

大きなふくらみが柔らかくしなって、絵美は両手で胸を抱えて、いやいやをするように首を振った。

「大丈夫。任せて……」

淳一は右手を襟元からすべりこませて、じかに左の乳房をつかんだ。やわやわすると、絵美は顔を伏せていたが、指が乳首に触れた瞬間に、

「あっ……！」

顔をのけぞらせた。

「触るね」

そう言って、乳首を親指と中指挟んで、捏ねる。

と、そこが急激に硬くしこってきて、左右に転がしながら、人差し指でかるくノックすると、

「んっ……んっ……ぁああああ……」

絵美は喘いで顔を撥ねあげ、それから、またうつむいて、いやいやをするように首を振る。

このままでは厚い殻を打ち破ることはできないだろう。こういうときは……。

淳一は絵美をこちらに向かせて、唇を奪った。

両手で顔を挟むようにして唇を押しつける。少し距離を取って、舌でふっくらとした唇をなぞる。そうしながら、絵美の肢体を抱き寄せた。

「んんんっ……んんんっ……はぁあああ」

絵美は吐息を洩らして、自分からしがみついてきた。

淳一をぎゅっと抱いて、唇を開き、舌を差し出してくる。その舌に舌先をちろちろとからめ、もう一度、唇を重ねて抱き寄せる。

と、絵美も自分から舌をからめてくる。おずおずとして、ぎこちない。

それでも、自分の殻を破ろうとする姿勢がうかがえて、絵美が愛おしくなる。

唇を離して、息を弾ませている絵美を、腰を屈めて、横抱きに抱きあげる。

女性は、お姫さま抱っこに弱いと、どこかで読んでいた。

お姫さま抱っこをするのは初めてで、思ったより、絵美の体重がずしりときて、足元がふらつきそうになる。それをぐっと踏ん張ってこらえ、絵美を横抱きにしたまま、一歩、また一歩とベッドに向かう。

絵美は落ちそうで怖いのか、ぎゅっと首すじにしがみついている。

ここで落としたら、すべての努力が水泡と帰す。

ふんと力を込めて抱きあげ、絵美をベッドまで運んで、そっとおろす。

そのまま、自分もベッドにあがり、上から、じっと見た。

絵美は恥ずかしそうに目をそらしたが、やがて、目を合わせてきた。

ぱっちりした目が涙ぐんでいるかのように、潤んでいる。しかし、怯《おび》えは感じられない。むしろ、愛情に満ちている。

淳一はふたたびキスをする。いつもはキスをしながら、胸をまさぐったりするが、今はしない。そんなことをしたら、絵美が引いてしまいそうな気がする。

すると、絵美が自分から舌をからめてきた。ぎこちないが、でも、淳一に応えようとする気持ちが伝わってくる。

淳一は唇を離して、打診する。

「脱がせるよ。いい？」

絵美が気持ちを固めたのか、こくんとうなずいた。

淳一は腰紐を解いて、バスローブを脱がせていく。

一糸まとわぬ姿になって、絵美が胸のふくらみを手で隠し、足をよじり合わせた。その羞恥に満ちた仕種にドキドキしながら、淳一もバスローブを脱ぎ捨てる。

筋肉質というわけではないが、標準サイズの体である。

陰毛の林を突いて、急角度でいきりたっている分身は恥ずかしいが、どこか誇らしくもある。

そこに視線をやった絵美が、ハッとしたように目を見開いて凝視し、すぐにそれを恥じるように目を伏せた。

きっと、男の勃起したイチモツを実際に見るのは初めてで、そのいきりたち方や茜色にてかつく亀頭部にびっくりしたのだろう。

もし自分が女性だったら、それが身体のなかに入ってくる、と想像しただけで、怖い。

淳一はふたたび、絵美に覆いかぶさっていった。

顔をそむけているので、首すじが引き攣《つ》っている。その首すじにキスを浴びせ、下へとおろしていく。

胸を隠している手をそっと外すと、たわわすぎるオッパイがあらわになった。

とにかくデカい。グレープフルーツを二つくっつけたようだ。

そして、たわわなふくらみの中心に、透きとおるようなピンクの乳輪とともに小さな乳首が頭を擡げていた。

視線を感じたのか、絵美がまた胸を手で隠した。その手を外して、

「きれいな胸だ。大きくて、形がよくて、乳首がピンクだ。きれいだよ。舐めるよ」

言い聞かせて、胸のふくらみをつかみ、やわやわしながら、乳首にチュッとキスをする。

「あんっ……！」

絵美が声をあげ、手のひらで口をふさいだ。

（すごく敏感じゃないか……これなら、大丈夫だ。むしろ、感じやすい）

淳一は安心して、乳首をかわいがる。

乳房をつかみ、飛び出してきた突起を慎重に、ゆっくりと舐めあげる。すると、乳首がますます硬くしこってきて、それをつづけるうちに、ピンクの乳首が唾液で濡れ、

「んっ……んっ……んっ……ぁあああ、もう……」

絵美はさかんに首を横に振る。

「感じる?」

「……はい。何か、ぞくぞくって……」

「絵美はすごく感じやすいんだね。これなら、全然イケるよ。声を出して、いいんだよ。恥ずかしがらなくていいから……」

いっぱいに出した舌でちろちろっと横に刺激すると、乳首も横に揺れて、絵美の自制心を解かせるように言って、今度は乳首を横に舐める。

「あっ……いや、いや、いや、恥ずかしい……」

絵美が言う。

「恥ずかしくないんだよ。絵美が感じて声を出してくれれば、俺はすごくうれしいんだ」

言い聞かせて、今度は周囲に舌を這わせる。ふくらみの裾野を円を描くように舐め、徐々に円周を狭くしていく。青い血管が網の目に透け出した乳肌を丹念に舐めると、舌が乳首に触れて、

「あんっ……!」

びくっとして、絵美が右手を口に持っていった。

（よし、ちゃんと感じてくれている！）

淳一はもう片方の乳首にもしゃぶりつく。舌を這わせると、そこがたちまち硬くしこってくる。

（そうか……乳首って二つ一緒に硬くなるんじゃないんだな。独立していて、愛撫したほうが勃起してくるんだ）

初めて知った。

もう片方の乳房を丁寧に揉みしだきつつ、こちら側の乳首をちろちろと舐める。舌を走らせながら、絵美を観察する。

絵美は顎をせりあげ、舌が感じるポイントに触れると、

「あっ……あっ……」

小さな喘ぎを洩らして、顎を反らせる。

じっくりと乳房をかわいがってから、顔をサイドに寄せる。肋骨《ろっこつ》がわずかに透け出る、引き締まった脇腹に舌を走らせると、

「あんっ……あんっ……ぁあああぁぁぁぁぁ」

絵美は喘ぎを長く伸ばして、びくっ、びくっと震える。

（よしよし、いいぞ。脇腹は触られると、くすぐったい。くすぐったいところっ

て、やっぱり、敏感なんだ）

淳一は腹のほうに顔を移し、まっすぐ下へと舐めおろしていく。舌が薄い翳りへと近づくと、

「いやっ……！」

絵美は両膝を腹に近づけて、翳りの底を守った。

「恥ずかしい……汚いよ。舐めちゃ、いや……」

顔を横向けて、拗《す》ねたように言う。

「でも、ここは舐めておいたほうが、入れるときに楽だよ。大丈夫。絵美のここは全然匂わないいし、すごくきれいだ。大丈夫。任せて、大丈夫だから」

言い聞かせて、絵美の足を開き、その間にしゃがんだ。

必死に閉じようとする足をひろげ、一気に顔を寄せる。若草の萌《も》える頃のような薄くて、やわやわした繊毛の底に、こぶりの雌花が息づき、ぴったりと口を閉ざしている。

絵美はいやいやをするように首を振っているものの、もう、足は閉じようとしない。きっと、押し寄せる羞恥心と、処女を捨てるという決意がせめぎあっているのだ。

淳一はぐっと顔を近づけて、花びらの狭間をスーッと舐めた。

「あはっ……！」

息を呑んで、絵美が内股になる。

これでは、クンニしづらい。

淳一は思い切って両膝をすくいあげて、開きながら、ぐっと押さえつける。

すると、下腹部がわずかに持ちあがってきて、女の花園があらわになった。

ひと舐めされ、肉びらが敏感に反応して、わずかに開き、薄いピンクの内部がのぞく。そこは、すでに潤んでいて、透明な蜜を滲ませている。

その初々しさに胸打たれながら、ピンクの粘膜をスーッ、スーッと舌でなぞりあげる。

「あんっ……あっ……あっ……ぁあああああ」

絵美が喘ぎを長く伸ばした。

「気持ちいい？」

口を接したまま訊くと、

「はい……気持ちいい……気持ちいいです」

絵美がそう答えたので、淳一は自分に自信が持てた。

狭間に舌を這わせ、そのまま舐めあげていく。上方に小さな突起が皮をかぶっていた。そこを下から、ツンツンと舌先で突くと、

「あっ……！　あっ……！」

絵美は一段と激しく反応して、がくん、がくんと震える。

(やはり、クリちゃんがいちばん感じるんだな)

淳一は突起を下から舐めあげる。ぬるり、ぬるりと舌を這わせるだけで、絵美は敏感に応えて、小さな声をあげる。

指で包皮を引っ張りあげると、つるんと帽子が脱げて、本体があらわになった。

その小さなふくらみを連続して舐めると、

「あっ……あっ……ぁあああ、いやです……いや、いや……はうぅぅぅぅ」

絵美が大きく顔をのけぞらせて、シーツを鷲づかみにした。

すごく感じているのだ。

淳一は細かく舌を震わせるようにして本体を刺激し、それから、かるく頬張って吸いあげた。

「ぁあああぁぁぁ……！」

絵美はこちらがびっくりするほどの嬌声をあげて、いけないとばかりに、口を

手のひらで押さえた。

（すごいぞ。絵美ちゃん、すごく敏感じゃないか！　これなら……）

淳一は繋がりたくなって、顔をあげた。

両膝の裏をつかんで、持ちあげ、ぬめる女の孔に屹立を近づけた。片手で勃起を導いて、それらしいところに当てて、ぐいと力を込めた。

「痛ぁああい！」

絵美が悲鳴をあげた。

それが違うところを突いたことによる悲鳴なのか、それとも、処女膜を貫通されるときの痛みなのか、淳一にはわからない。

いったん腰を引き、もう一度、試みる。

と、絵美は両手で淳一を突っぱねて、顔をしかめる。

それを繰り返しているうちに、肝心なものが勢いをなくした。勃起力だけが取り柄の分身が、明らかに力を失っている。

最初に『痛い』と言われたのと、何度試みても入らない焦りが、原因だろう。

（ヤバい、ヤバいぞ！）

処女貫通の初めにこれでは、あまりにも情けなさすぎる。だが、焦れば焦るほどに、分身は力を失っていく。

と、絵美もそれに気づいたのだろう。

「どうなさったんですか？」

心配そうに、つぶらな瞳を向ける。

「ゴメン。なかなか入らないから……こうなってしまった、ゴメン」

ふにゃっとした肉茎を見せると、絵美が訊いてきた。

「どうすればいいですか？」

「どうすればって……そりゃあ、フェラチオしてもらえば、勃つけど……でも、絵美ちゃんには……」

「やります。どうしたらいいか、教えてください」

絵美がきっぱりと言う。

これまで絵美はおとなくして、控え目だった。なのに、自分から頑張ってくれると言うのだ。

3

淳一はベッドに立ちあがり、その前に絵美がしゃがんだ。

正座の姿勢から尻を持ちあげて、おずおずと屹立に触れてくる。握りながら、どうしたらいいんですか、という顔で見あげてくる。

上から見ると、かわいい顔と巨乳のコントラストが素晴らしく、意外に長い指でペニスを握って見あげる仕種が抜群にキュートだ。

「あの……握って、しごいてみて。軽くでいいから」

言うと、絵美は右手をからませて、ゆったりとしごいてくる。

「上手だよ。それから、裏のほうを舐めたり、先っぽにキスしたりして、それから……咥えて、唇でしごいてくれればうれしいかな……。いいんだよ、正解なんてないから、絵美が好きなようにしてくれて。俺は、きみがおしゃぶりしてくれるだけで、もう最高なんだから」

淳一は丁寧に教える。

うなずいて、絵美が本体を握って、裏のほうを舐めてきた。初めてだから、上手くはない。ぎこちないが、絵美が裏筋を舐めてくれているというだけで、淳一はひどく昂奮する。

唾液まみれの舌が這いあがってきて、そのまま亀頭部を舐めてくる。

ちゅっ、ちゅっとキスをして、これでいいですか、とでも言うように見あげてくる。

淳一がうなずくと、絵美は亀頭部の丸みに沿って舌をぐるっと走らせる。

ためらっていたが、覚悟を決めたのか、唇をひろげて一気に咥え込んできた。途中まで頬張り、ふっくらとした唇をOの字にして、肩で息をする。

肉棹から指を離し、唇をゆっくりとすべらせる。

あまり深くは咥えずに、途中まで唇を行き来させる。それだけで充分だった。

「ああ、絵美。すごく、気持ちいいよ。天国だ。気持ちいい……ぁあああ」

淳一が唸ると、絵美はそれで自信が持てたのか、情熱的に頬張りはじめた。

おそるおそるだが、深く招き入れ、ぐふっ、ぐふっと噎《む》せる。

それから、もっとできる、とばかりに、根元近くまで咥え込み、そこで、またぐふっ、ぐふっと噎せた。それでも吐き出そうとはせずに、深く頬張ったまま、じっとしている。

おとなしいが、負けん気は強いのだと思った。

それから、絵美はゆっくりと顔を振る。

ぷにっとした唇が勃起の表面をすべっていくと、それだけで、地団駄を踏みたくなるような快感がひろがってきた。

「ありがとう。もう、できそうだ。ありがとう」

淳一は勃起を口から抜いて、口許の唾液を拭っている絵美をベッドに仰向けに寝かせた。

挿入しにくいときは、腰枕を置くと嵌めやすいと、麻輝子が言ったのを思い出し、ふかふかのホテルの枕を、絵美の腰の下に置いた。

それから、ゆっくりと膝をすくいあげ、片手で勃起を握り、導く。

腰枕で恥部の位置があがっているせいか、今度ははっきりと膣口の位置がわかる。

(焦っては、ダメだ。ゆっくりと、落ち着いて……)

結合部分をよく見て、慎重に潜り込ませていく。

今度は手応えがある。切っ先が狭くて窮屈なところを切り開いていく確かな感触があって、

「あくうぅぅぅ……！」

絵美は身体をこわばらせながら、顎をいっぱいに突きあげた。

苦しそうに眉を八の字に折って、顔をしかめている。

「痛いか？」

「ええ……でも、大丈夫……くっ」

言葉ではそう言っているが、相当つらそうだ。それはそうだろう。硬くてカリの張った、ギンギンになった男性器がお腹のなかに入ってきたのだから。

初めて男根を受け入れた絵美の膣は、何かに怯えるように収縮して、その締めつけがすごすぎた。

「くっ……！　締めてくる。リラックスして……そう、力を抜いて。もう大丈夫だから」

言い聞かせると、絵美が深呼吸を繰り返し、それにつれて、膣の緊縮力もゆるんだ。

（よし、これなら……）

淳一はゆっくりとストロークをする。やさしくしているつもりだが、それでも、

「あっ、くっ……くっ……！」

と、絵美が奥歯を食いしばる。

(苦しそうだ。ここは、やはりピストンしないで馴染ませたほうがいいのではないか?)

淳一は膝を放して、覆いかぶさっていく。

肩口から手をまわし込んで、小柄な女体を抱擁し、キスをする。

ちゅっ、ちゅっと唇を合わせると、絵美もそれに応える。淳一をぎゅっと抱きしめ、強く唇を重ねる。

淳一が舌をつかうと、絵美も舌をからませてくる。

長いキスを終えて、訊いた。

「大丈夫?」

「はい……」

絵美がぱっちりとした目を向ける。つらかったのか、いまだに瞳が涙ぐんでいる。

「すごく、うれしいよ。絵美とひとつになれて」

「わたしも……!」

絵美がますます強く抱きついてくる。

淳一は腕立て伏せの形になって、少し腰をつかってみる。

「んっ……んっ……んっ……うくくぅぅ」

と、絵美は耐えている。

痛いとは言わないが、きっとつらいだろう。ピストンを諦《あきら》めて、淳一は乳房を揉んだ。

グレープフルーツみたいな丸みを帯びた巨乳を、やわやわと揉むと、ボリュームあふれる柔らかな肉層が形を変える。

やはり、これまでの女性とは揉んだときの感触が違う。

揉んでも揉んでも底が感じられない。指がどこまでも沈み込んでいく。

「ぁああ、あああああ……」

絵美は揉まれるままに顔をのけぞらせ、甘い声をあげる。膣を突かれるのはつらいが、オッパイは気持ちいいのだろう。

腰は固定したままで、乳首を指でいじってみる。

触れると一気に硬くなった乳首は透きとおるようなピンクにぬめり、そこを指腹で挟んでくりくりと転がす。さらに、円柱形にせりだした突起のトップを指腹で円を描くように捏ねると、絵美の気配が変わった。

「ぁあああ、あああああ……気持ちいい……淳一さん、気持ちいいの……ぁあああああああ」

絵美がのけぞって、両手を頭上にあげた。

（ああ、すごい……くっ……締めつけてくる！）

乳首をいじると、膣の粘膜が反応して、ぎゅ、ぎゅっと力強く肉棹を食いしめてくる。

締めるだけでなく、内へ内へと吸い込もうとする。

「ぁあああ、締めてくるよ……くっ、くっ……」

淳一はもたらされる快感に酔いしれる。

しばらく締めつけを味わってから、背中を曲げ、乳首を舐める。

絵美のオッパイは大きいから、こういう場合はとても舐めやすい。結合したまま、突起に舌を走らせる。

上下に舐めて、左右に弾く。それを繰り返していると、絵美がさしせまってきたのがわかる。

「ぁあああ、あああ……へんです。へん……なんか、なんか……ぁあああ、昇っていく。わたし、昇っていく……」

「いいんだよ。抑えなくて……いいんだよ」

そう言って、乳首を上下左右に舐め、吸いあげたとき、

「ぁああ、へんよ、へん……ぁああ、あああああああ、くっ……！」

絵美が躍りあがった。

胸をせりあげ、腰もくねらせながら激しく上下に振って、がくん、がくんと震えている。

イッたのだ。昇りつめたのだ。

淳一は射精していない。だが、絵美がイッてくれただけで充分だった。


二人はバスルームに赤ワインを満たしたグラスを持っていき、バスタブの縁に並んで置く。

ひろいバスタブだから、二人は向かい合う形でお湯につかっている。顔を横に向けると、大きな窓から、レインボーブリッジが見える。

今は橋桁《はしげた》が上から赤、黄色、ブルーと虹色に照らされていて、その明かりが水面に映って、夢のような景色だ。

旅行のプランナーも添乗員も共通していることは、相手のことを考えることだ。

ツアー客にいかに愉しんでもらうか、そのオモテナシの心構えは女性に対しても同じなのだ。

淳一は赤いワイングラスを掲げ、

「絵美の二十三歳の誕生日、おめでとう。それに、女になったことも。今日は絵美の記念日だね」

カチンとグラスを合わせると、絵美がうれしそうな顔をした。

向かって左側に笑窪ができて、かわいらしい。

たわわなオッパイが半分お湯から出ていて、見ているだけで幸せいっぱいだ。

「こっちに、来て」

手招くと、絵美がやってきて後ろ向きに座り、淳一に背中を預けてくる。こうなると、どうしてもオッパイに触れたくなる。

淳一は後ろから手を伸ばして、胸のふくらみをつかみ、やわやわと揉んだ。

お湯でいっそうつるつるになったふくらみが手のなかで、柔らかくしなって、

「んっ……あっ……ダメ」

絵美が弱々しく言う。

「だって、絵美の乳首、もうカチンカチンになってるよ」

「いやだ、もう……淳一さんのだって」

絵美が後ろ手に手を伸ばしてきた。お湯のなかでいきりたっているものをおずおずと握って、言う。

「ほら……カチカチ」

「絵美を前にすると、いつだってこうなっちゃう」

「……さっき、出してないでしょ？」

「ああ……だけど、いいんだ。絵美が満足してくれれば……」

「でも、出してほしい。女性としては……あの、お口でしてもいい？」

「もちろん」

「じゃあ……どうすればいい？」

淳一はいったん立ちあがって、バスタブの縁に腰かけて、足を開いた。

うなずくと、絵美がそれを握ってくる。おずおずと握りしごき、ちらっ、ちらっと様子をうかがってくる。

ボブヘアの前髪の下の大きな目がこちらを見ている。

「好きなように舐めて、おしゃぶりしていいよ」

うなずいて、絵美が顔を寄せてきた。

さっきしたことを思い出しているのだろう、ピンコ勃ちしたイチモツの裏側をツーッ、ツーッと舐めあげる。

「そら豆みたいなところの下に、裏筋がくっついているところがあるだろ？　そこが急所みたいで、集中して舐めると、気持ちいいみたいだよ」

「ここ……？」

絵美が長くて細い舌をいっぱいに出して、包皮小帯をおずおずと舐めはじめた。

「そう、そこ……ああ、気持ちいい……」

絵美は一生懸命に舐めてくる。舌を横揺れさせて何度もくすぐり、次は、縦につかう。れろれろっと弾いては、これでいいの？　という顔で見あげてくる。

「ああ、すごく感じる……本体をしこしこしてくれると、もっと気持ちいいかもしれない」

「こう？」

絵美は血管の浮かびあがった本体を握りしめて、ぎゅ、ぎゅっとしごいてくる。そうしながら、包皮小帯を舌でちろちろされると、抗しがたい快美感がうねりあがってきた。

「ああ、そうだ。そろそろ、咥えて……」

絵美がおずおずと頬張ってきた。

唇を途中まですべらせて、ゆっくりと顔を振る。

少しはコツがつかめてきたのか、唇の締めつけ具合がちょうどいい。しかも、チューッと吸いあげてくる。

赤らんだ頬が凹み、そのまま顔を上下に打ち振る。

「ああ、すごい……バキュームフェラまでできるじゃないか！　そうそう……男はその出っ張りのところがすごく感じるから、そこを中心に唇を往復させれば……ああ、そう、それ……」

蕩けていくような快感に、淳一は天井を仰ぐ。

と、指示をしなくとも、絵美が根元に指をからませて、ぎゅ、ぎゅっとしごきだした。そうしながら、亀頭冠を中心に素早く唇を往復させている。

男を悦ばせようとする一途なまでの姿が、淳一を一気に追いつめていく。

「ああ、ダメだ。出そうだ……無理に呑まなくていいからね。吐き出していいからね……ぁああ、それ！」

絵美は一生懸命に指を動かし、それと同じリズムで激しく唇をすべらせている。

「んっ、んっ、んっ……」

「ぁあああ、ダメだ。出る……出すよ、出す……うあああぁぁぁ！」

淳一は吼えながら放っていた。

そして、絵美は口を離すことなく、ドク、ドクッとあふれる精液を口のなかに受け止めている。

夢のような瞬間が過ぎて、淳一は腰を引く。

すると、絵美はこぼれそうになる白濁液を手のひらで押さえていたが、やがて、こくっ、こくっと嚥下する静かな音が聞こえた。

5

しばらくして、母から連絡があった。

叔母の高瀬志麻子が、叔父と正式に離婚したのだと言う。

裁判で調停をしていたが、ようやく話し合いがついて、志麻子は離婚を認められたらしい。

よかった、と思った。

叔母はずっと別れたがっていた。その願いがようやく叶《かな》ったのだ。

これで、志麻子は晴れて自由の身になった。

山城辰巳とはどうなったのだろうか？　離婚したくらいだから、きっとまだ不倫はつづいているだろう。

山城は部長で社会的な体面もあって、なかなか妻とは別れられないようだ。前はダブル不倫だったが、今は片方の不倫になった。それだけで、いまだ二人が不倫していることは変わらない。

淳一は志麻子と連絡を取りたかった。おめでとうございます、とは言えないけれども、現在の状況をいろいろと聞きたかった。

それに、志麻子は独身になったのだから、淳一にもチャンスはあるのではないか？　また、やらせてくれるんじゃないか？

だか、敢《あ》えて連絡しなかった。

志麻子のほうから連絡が来ないということは、淳一とは逢いたくないということだ。それに、志麻子の声を聞くと、心が動いてしまいそうで怖かった。

自分には今、橋爪絵美という恋人がいる。

とてもいい子で、淳一を好きだと言ってくれる。

そういういい関係を、自分の心のブレで壊したくない。

現在、絵美をリードしていけるのは、志麻子のお蔭だった。あのとき、淳一を男にしてくれなければ、今もまだ淳一は童貞だった。

いや、志麻子だけではない。木内美里と立花麻輝子がいろいろと教えてくれたから、今の自分がいる。

絵美とどうにか上手くいっているのは、これまでつきあった年上の素晴らしい女性のお蔭だった。

志麻子の離婚を知って間もなく、淳一は絵美とデートをした。

二人の休日にランチを食べて、ご休憩で新宿五丁目のラブホテルに入った。ランチなら安いし、ご休憩ならせいぜい数千円で済むからだ。

絵美には申し訳ないとは思うが、懐具合が寂しいから仕方がない。身分相応という言葉がある。

そこは現代的なアミューズメントホテルで、昔のラブホテルの暗い感じは一切なく、壁紙もポップで、カラオケや大画面のテレビもついている。

そして今、二人はシャワー浴び終えて、ベッドにいた。

これで、セックスするのは四度目だ。

絵美は徐々に慣れてきて、愛撫に敏感に反応するし、挿入しても、けっこう感じるようになった。だが、まだ膣でイッたことはない。

二十三歳になったばかりの女性が、膣でイクことはなかなか難しいことなのだろう。それでも、男性恐怖症はほぼ消えていた。

淳一は絶対に強引なことはしなかった。苦しそうだったら、途中でもやめた。それが功を奏しているのに違いない。

今も、大きなベッドで、その小柄だが胸の大きい身体を愛撫していると、

「ぁああ、あああ……」

と、絵美は顔をのけぞらせる。

「気持ちいい?」

「はい……すごく気持ちいい……なんか、わたし、どんどん敏感になってきた気がする」

「いいんだよ、それで……」

真っ白な巨乳をかわいがり、下半身に顔を埋めて、クンニをすると、

「気持ちいい……蕩けそうなの、あそこが蕩けちゃう」

絵美は無防備に足を開いて、もっともっとばかりに求めてくる。

クンニを終えると、何も言わずとも、絵美がおしゃぶりしてくれる。

最初からおしゃぶりをいやがらなかった。絵美はフェラチオが好きなのだと思った。きっと、淳一を気持ち良くさせることが自分の悦びなのだ。

それから、絵美が乳房で勃起を包み込んできた。

びっくりした。パイズリなど初めてで、しかも、絵美が進んでしてくれているのだ。

大きくて、ふにゃふにゃした乳房が柔らかくまとわりついてくる。

そして、絵美は左右の乳房を両手で左右から押して、真ん中の肉柱を、ぎゅっ、ぎゅっと揉み込んでくる。

それから、左右の巨乳を抱えるようにして、一緒に上下に揺らす。

信じられなかった。あの絵美が積極的にパイズリしてくれているのだ。もちろん、やり方を教えたことはない。きっと、絵美が何かの画像を見て、学んだのだろう。淳一を悦ばせるために。

「ああ、すごい……初めてだよ、パイズリなんて。あああ、天国だ。すごいよ」

言うと、絵美はますます情熱的に左右の巨乳で、イチモツを揉み込んでくる。

「もう、したくなった。入れたくなった。最初はバックからしたい」

淳一が思いを告げると、絵美はゆっくりと離れて、自分からベッドに這った。

胸と比較するとこぢんまりした尻をおずおずと突き出し、両手をシーツについて、下を向く。

身体が柔らかいので、その女豹のポーズが色っぽい。

淳一は尻をつかみ寄せて、慎重に挿入していく。いきりたつものが尻たぶの底に嵌まり込んでいき、

「あうぅぅ……！」

と、絵美が顔を撥ねあげた。

じっくりとストロークする。浅いところを連続して擦っていると、絵美がもっと深いところを、とばかりに腰を突き出してきた。

「奥、大丈夫？」

「はい……最近、大丈夫みたい。奥のほうに、ズンズン来て……ください」

絵美が四つん這いで、せがんできた。

淳一はくびれたウエストを両手でつかみ、引き寄せながら、腰を突き出していく。ギンギンになったものがだんだん深く体内を突いていって、

「あん、あん、あんっ……ぁあああ、いいんですぅ」

絵美が嬌声をあげた。

（すごい、俺が思っているよりはるかに成長している！　確か、こういうときは……！）

麻輝子に教わったことを思い出して、絵美の右手を後ろに持ってこさせて、肘をつかんだ。ぐいと後ろに引っ張っておいて、屹立を押し込んでいく。

すると、絵美は半身になりながらも、反って、

「あっ、あっ、ぁあああん……！」

セクシーに喘いだ。

ここがラブホテルだから声を出しても大丈夫という気持ちもあるのだろう。それに、こうやって引っ張っていれば、打ち込みの衝撃が逃げることなく、もろに伝わるはずだ。

「あん、あん、あんっ……へんなの、わたし、へんなの……」

さらさらのボブヘアを揺らしながら、絵美が訴えてくる。

「へんって？」

「なんか、わからないけど……でも、なんか、なんかこう……ぁあああ、いっぱい入ってきてるぅ……あん、あん、あん……ぁあああ、ダメっ……」

絵美はがくがくっと震えながら、前に突っ伏していった。

（イッたんだろうか？）

はっきりしない。昇りつめたとしても、もっと感じてほしい。完全に気を遣《や》ってほしい。

淳一は絵美を仰向けに寝かせて、膝をすくいあげ、勃起を押し込んでいく。

「ぁあああああ、くっ……！」

絵美が両手でシーツを鷲づかみにするのがわかった。

淳一は膝を押しあげて開かせる。

むっちりとした太腿がひろがり、薄い翳りの底に蜜まみれの肉柱が嵌まり込んでいるのが見える。

かるくストロークするだけで、たわわなオッパイがぶるる、ぶるるんと豪快に縦揺れする。

それを見ているうちに、淳一も昂揚《こうよう》してきた。

「ぁああ、絵美……俺、俺、出してしまいそうだ」

「わたしも……イクんだわ。きっとイクんだわ……一緒よ……」

「わかった。一緒にイクぞ。そうら」

淳一が渾身《こんしん》の力で肉路を突いたとき、絵美の表情がさしせまってきた。

「あん、あん、あんっ……来るの。来るの……来る、来る……来ちゃう！」

「そうら、イケぇ！」

ぐいぐいぐいと連続して叩き込んだとき、

「くっ……やぁあああああああぁぁぁぁぁ！」

絵美が嬌声を噴きあげて、のけぞり返った。

それから、がく、がくっと震えている。

（イッたんだな。よし、俺も……！）

駄目押しとばかりに深いところに打ち込んだとき、淳一も至福に押しあげられた。

熱い男液がどく、どくっと迸《ほとばし》り、その快感に淳一も唸る。

頭がおかしくなるような射精が終わり、淳一はがっくりと絵美に覆いかぶさっていく。

絵美は足をM字に開いて、淳一を迎え入れていたが、やがて、

「わたし、イキました」

耳元で恥ずかしそうに報告してくる。

「やったな。すごいよ、絵美はすごい……」

髪を撫でると、絵美ははにかんで笑窪を刻み、それから、ぎゅっとしがみついてきた。

第六章　島での目眩《めくるめ》く体験

1

恋人もでき、淳一は旅行会社で働きつづけた。

そして、いよいよ自分のプランが通り、募集の告知をして、あとはツアーの出発を待つばかりとなった。

だが、そこで困ったことが起こった。

参加者の数が一定以上に達しないのだ。

ツアー自体は『宮古《みやこ》諸島五島めぐり三日間』で、今、宮古島は人気があり、すんなり集まるとタカをくくっていた。

しかし、宿泊場所を料金の高いSクラスのホテルにしたのがいけなかったのか、思ったより、参加の申し込みが少ない。

「まいったわね。いくらうちでも、一定以上集まらないと、中止にせざるを得ないのよ。いきなり中止じゃ、きみも出鼻をくじかれるわね」

麻輝子が眉根を寄せた。

（俺って、結局、自分本意で客のことわかってないのかな……）

打ちひしがれていたとき、二名のツアー申し込みがあって、ぎりぎりで催行が決定した。

（ヤッタぞ！）

内心でガッツポーズをして、参加希望者のメールを見たとき、「あっ」と思った。

名前のところに、『山城辰巳』と『山城志麻子』とあったからだ。

びっくりした。同時に、うれしくもあった。

こんな偶然まずないから、きっとどこかで二人は情報を得たのだと思った。

淳一が新しい旅行会社に入社したのを知っているのは、会社の仲間と身内だけだ。

もしやと思って、母に訊いた。すると、母がこう言った。

「じつは、妹の志麻子に淳一のことを訊かれて、派遣をやめて、旅行会社Sに入社したことを話したのよ。そうそう、初めてツアーを企画したんだけど、そのツアーの参加希望者が少なくて、このままじゃあ、催行できないと嘆いていたことも教えたのよ。どんなツアーかと訊かれたから、宮古島ツアーだと答えておいたわ……それが何か？」

「ああ、いいんだ……」

淳一は詳しいことは教えないでおいた。

志麻子がそのツアーに愛人とともに参加するなどと母が聞いたら、大変なことになるからだ。志麻子が不倫をしていることは、親戚でも知らない。そんなことが公になったら、すごくマズい。

志麻子にとっても大打撃になって、別れた叔父から慰謝料を請求されることだってあるだろう。その秘密を知るのは、淳一だけだ。

淳一が洩らさなければ、いいのだ。

自分がその鍵を握っていることが、どこか誇らしい。

もちろん、それで志麻子を脅すなんてことは絶対にするつもりはない。

きっと、志麻子はその情報を知って、困っている淳一を助けたくなったのだろう。参加がひとりでは心配なので、もうひとり山城辰巳を誘ったのだ。

角館の紅葉ツアーで、山城は仕事の都合でどうしても行けなくなった。そのとき、できなかったことを、このツアーで果たしたいのかもしれない。

そして、同伴者に山城を選んだことが、淳一へのひそかな解答になっているような気もした。

（わたしは今も山城辰巳と上手くいっているの。ゴメンね、淳一くん）

きっと、そんな意味も含まれているに違いない。

日本列島が南から春めいてきたとき、淳一がプランを立てて添乗員もする『宮古諸島五島めぐり三日間』ツアーがはじまった。

当日の朝、羽田空港で旗を持って受付をしていると、志麻子が小柄な男をともなって近づいてきた。

春色のジャケットをはおって、短めのスカートを穿いている。

いつ見ても、志麻子はきれいだった。

非の打ち所がない容姿で、やさしそうな顔には笑みが浮かび、すらりとしているが、三十八歳のむっちり感もあるプロポーションに惹きつけられてしまう。

後ろにいるのが、山城辰巳だろう。

想像していたより小柄だが、着ているものは高価そうだし、ハンティングキャップをかぶっていて、お洒落というか、ダンディな感じがした。

（ああ、こういう人が、志麻子さんのタイプなのか……）

見て見ぬフリをしていると、二人が近づいてきた。

志麻子が笑顔を浮かべているのを見て、

「ありがとうございました。お二人のお蔭で、今回のツアー、催行になりました。ほんとうにありがとうございます」

淳一は深々と頭をさげた。

「いいのよ。わたしもちょうど宮古島に行きたかったから。ああ、紹介するわね。こちら……ああ、そうか」

志麻子はいったん言葉を切って、

「夫の山城辰巳……」

そう紹介する。おそらく、このツアーでは山城夫婦ということになっているから、とっさにそう答えたのだろう。

「きみのことは話してあるわ。でも、一応、紹介するわね。森田淳一さん、わたしの姉の息子さん。今回が初めて彼が企画したツアーなのよ」

志麻子が言って、

「ああ、あなたが……聞いています。いつぞやは、志麻子がお世話になったそうで……こちらは急に行けなくなってしまって、あなたが面倒を見てくれたようで助かりました」

　山城が握手のために、手を差し出してくる。

（どこまで知っているんだろう？）

そう思いつつも、淳一は山城の手をつかんで、しっかりと握手を交わした。

山城は小柄なわりには手は大きく、力強かった。

淳一は飛行機のチケットや旅のしおりを渡す。

「今夜、ひさしぶりに逢いましょうか、三人で……」

志麻子が言うので、淳一は「はい」と答える。

もっと話したかったが、ツアーの参加者がやってきたので、淳一はその対応に追われた。

　荷物を預けた二人が手荷物チェックに向かうのを見届けて、

（これから、あの二人とともにツアーに行くんだな。しっかりと、ツアコンしなくちゃ）

　淳一は気を引き締めて、また受付をはじめた。

2

一行は那覇空港で乗り継ぎをして、宮古空港に降り立った。

そこからチャーターしたバスで、無料で渡れる日本一長い伊良部《いらぶ》大橋を渡り、伊良部島で観光を愉しんだ。

今日は晴れているので、宮古ブルーと呼ばれる鮮やかなエメラルドグリーンの海が美しかった。

珊瑚《さんご》が下にあるので、このブルーが映えるのだ。そして、珊瑚礁《しょう》がある場所とない場所、海の深さによっても色が違う。

この色の相違を愉しむのも、沖縄の海ならではである。

その後、砂山ビーチのさらさらした砂の感触を味わい、ホテルに向かった。

ホテルは海岸沿いに建つリゾートホテルで、目の前に東洋一美しいと言われる白いビーチがひろがっている。

すでに夕方で、淳一はそれぞれの部屋の鍵と、ガイドのプリントを渡し、今日の夕食と明日の朝食、そして、ホテルの出発時間を伝えて、解散した。

あとは、各々が自由にホテルやビーチを愉しむ時間だ。

幸い、今のところ上手くいっている。みんな、長い橋をバスで渡りながら、宮古ブルーの海に驚嘆の声をあげていた。

ツアー客と淳一の夕食が終わり、淳一はシャワーを浴びて、部屋で寛いだ。

まだ三月なのに、この南国では半袖で充分だ。

広い洋室で、ベランダに出ると、眼下にこのへん特有の白い砂浜と打ち寄せる波、遠くまでひろがる夜の海が見えた。

(いいところだ。好きなところに来られるのは、添乗員の特権だな)

暮れた海と、満天の星空を満喫していると、業務用のケータイに電話がかかってきた。

思ったとおりに、志麻子からだった。

『夜の海と星がきれいね。ありがとう。いいところに連れてきてくれて』

ケータイから志麻子の声がする。

「今日は天候に恵まれました」

『そうね……もう、仕事は終わりでしょ?』

「ええ。何かがない限り、もう業務は終了です」

『じゃあ、悪いけど……部屋に来てくれる?』

「いいですよ。これから、でいいですか?」

『ええ、これからでいいわ』

「了解しました。すぐにうかがいます」

淳一は新しい服に着替え、六階の部屋を出て、志麻子と山城の部屋に向かう。

八階建てのリゾートホテルで、二人の部屋は最上階にある。

(話とは何だろう? やはり、山城と志麻子さんの関係のことなのか? それとも……)

頭を悩ませながらも、エレベーターで八階にあがり、廊下を歩いて、部屋の前で立ち止まった。

かるくドアをノックすると、

「どうぞ。開いてるから」

志麻子の声がする。

「失礼します」

ドアを開けて、閉め、室内に入っていく。

その瞬間、淳一は呆然とした。

なぜなら、ベッドの上で、バスローブをはおった山城が、一糸とまとわぬ姿の志麻子に覆いかぶさるようにして、乳房にしゃぶりついていたからだ。

（えっ、えっ、えっ……！）

一瞬、何が起きているのか理解できなかった。いや、事柄は見てのとおりだが、なぜ？　二人は淳一を呼び寄せておいて、どうしてこんなことを淳一の前でしているのか？

唖然《あぜん》としてしまって、淳一はどうしていいのかわからない。とっさに、部屋を出ようと踵《きびす》を返すと、

「待って……行かないで」

志麻子に引き止められる。

「帰らないで、こちらに来て……そこで、二人を見ていてほしいの」

淳一は立ち止まって、おずおずと二人を振り返る。

下になった志麻子が、こちらを見ている。

「ど、どういうことですか？」

「……ゴメンなさい。淳一くん、ネトラレってわかる？」

（ネトラレ……？）

聞いたことはある。

確か、男性がカップルの女性を、他の男とセックスさせ、それを見て昂奮するというものだ。

「ええ、一応は……」

「じつは、山城さん、そのネトラレなの」

「えっ……！」

淳一は仰天し、まじまじと山城を見てしまった。

この小柄な紳士が、ネトラレだと言うのか？　志麻子を他の男に抱かせて、自分も昂奮すると言うのか？

山城は確か、一部上場企業の部長で、年齢は五十五歳。

結婚して、子供までいる。その上、元部下の志麻子と不倫をしている。

(この中年男が、ネトラレだなんて……！)

淳一はどうしてもそれを、現実として受け止めきれない。

「最初はそうじゃなかったのよ。ちゃんとできてた……でも、だんだんダメになって……今はわたしが角館できみに抱かれたことを話すときだけは、元気になるの。この人、どうやって抱かれたか、執拗《しつよう》に訊きながら、勃起するの。すごく硬くなって、激しく突いてくれるのよ」

志麻子が横たわったまま、淳一のほうを見る。

まさか、そんな事態が起こっていたとは、夢にも思わなかった。

「いきなり言っても、淳一くんは戸惑うだけよね。だから、見ているだけでいいの。お願い、そっちのベッドでわたしたちがするところを見ていて……そうすれば、この人はきっと元気になるって言うの。だから、お願いします」

志麻子が懇願してくる。

「私からもお願いするよ。無理な願いだということはわかっている……頼む、お願いします」

上になった山城が最後に頭をさげた。

二人にこんなに哀願されては、淳一も袖にして帰ることはできない。それに、体の底で何か得体の知れない感情が脈打っている。

淳一は隣のベッドに腰をおろす。

と、それを承諾と受け取ったのだろう、山城が志麻子を愛撫しはじめた。

上から覆いかぶさるようにキスをして、乳房を揉みしだいている。

志麻子も下から山城を抱きしめ、白くなった頭髪を撫でさすり、背中を引き寄せながら、キスに応えている。

何だか、悪い夢でも見ているようだ。

最初に感じたのは、強烈な嫉妬だった。自分を男にしてくれた女性が、他の男に抱かれているのを、隣のベッドから眺めているのだから。

しかし、どんな状況であれ、志麻子の美しさは変わらなかった。

ベッドに横たわる志麻子の乳房は相変わらず、たわわでありながら美乳で、そこを揉みしだかれ、キスしながら、身悶《みもだ》えをする志麻子は淳一の性欲をかきたててくる。

山城がキスを下へとおろしていった。

真っ白で、透きとおるようなピンクの乳首に、山城がキスをする。ちゅっ、ちゅっと唇を押しつけるだけで、

「あっ……あっ……」

志麻子は悩ましい声を洩らして、顎をせりあげる。

さらに、乳首を舌で転がされると、喘ぎが一段と高まり、

「ぁあああ、あああ……気持ちいいの……気持ちいい……乳首が感じるのよ。すごく、いい……ぁあああ、うぅぅぅぅ」

心から感じているという喘ぎを長く伸ばし、右手の甲を口に添えて、喘ぎを押し殺す。

山城の手が身体の側面を撫でて、志麻子の裸身がうねりはじめた。

やはり、淳一に見られているという意識はあるのだろう。口に手を当てて、恥ずかしそうに顔をそむけている。それでも、乳房を揉みしだかれ、先端を舌で転がされると、もう我慢できないとでも言うように、

「ぁあああ、ああああうぅぅ」

抑えきれない声をあげ、下腹部を静かにせりあげる。

(ああ、志麻子さんの感じているときの仕種だ……感じているんだ。もう、あそこが疼《うず》いていて、欲しくなってしまっているんだ)

そう強く感じたとき、股間のものがぐぐっと頭を擡げてきた。

なぜ勃起するのか、淳一自身にもわからない。

愛する女が他の男に愛撫されて感じているのを目の当たりにして、体がよじれるような強烈な嫉妬を感じる。なのに、なぜか分身は力強くいきりたとうとしている。

「志麻子、うつむけになってくれ」

山城が言って、志麻子が緩慢な動作でシーツに腹這いになった。

こちらから見ても、たわわな乳房がぎゅうと圧迫されてしなり、絶品の背中のラインから豊かなヒップが盛りあがっていくその曲線が、色っぽい。

枕に顔を埋めた志麻子の背中を、山城がゆっくりと撫でさすっていく。

美しくしなる背筋を、男の指が箒《ほうき》で掃くようになぞり、スーッ、スーッと指が触れるたびに、

「あっ……あんっ……あっ……ぁあうぅぅ、ぞくぞくします」

志麻子が悩ましい声をあげる。

山城の指が脇腹から腰にかけてすべっていくと、

「ぁはあああ……」

志麻子は感極まったような声を洩らした。同時に、尻がぐぐっ、ぐぐっと持ちあがりはじめる。

と、山城がその持ちあがった尻の間に顔を埋めた。

下から、双臀の谷間をツーッ、ツーッと舐めあげる。

「あっ……あんっ……ぁあああ、もう、もう、許して……焦らさないで。お願い、あそこを……お願いします」

そう訴えながら、志麻子は我慢できないとでも言うように尻をせりあげて、横に振る。

山城がホテルの大きくてふかふかの枕を、腹の下に置いた。

それから、志麻子の持ちあがった尻の底に舌を這わせる。

いっぱいに突き出された舌が女性器から会陰部、さらに、アヌスへと這っていき、

「ああん、そこ……気持ちいい。あなた、気持ちいい……へんになる。欲しくなる。ぁああうぅぅ」

志麻子の尻がもどかしそうに揺れ、もっととばかりに突きあがる。

（すごい……！　こんな愛撫の仕方もあるんだな！）

こんな状況でも、淳一は感心してしまう。

股間のものが痛いくらいにエレクトして、ズボンを突きあげてくる。思わずそこをぐっと押さえていた。

山城は執拗に後ろからクンニをつづけ、志麻子はもうどうしていいのかわからないといったふうに、尻を持ちあげ、上下左右に揺らす。

「志麻子、しゃぶってくれないか？」

山城が言って、ベッドにごろんと仰向けに寝た。

うなずいて、志麻子が山城の足の間にしゃがんで、それをいじりはじめた。

不可解なのは、それがふにゃんとしていることだ。

肉茎を硬く、大きくしようと、志麻子は指でしごき、舐め、頬張る。

だが、志麻子の尽力も虚《むな》しく、それはいっこうに勃起しない。

山城が痺れを切らしたのか、淳一のほうを見て言った。

「悪いが、私の代わりに志麻子をかわいがってくれないか？　きみのことは志麻子から聞いている。きみが志麻子とセックスしたからといって、私は一切腹を立てない。わかるだろう、この状態を……頼む。志麻子をかわいがってくれ。本番していいから……それを見ているうちに、私もできるようになる」

そう言って、山城がベッドから降り、

「さあ！」

せかしてくる。

「いや、でも……」

「これは二人のためなんだ。志麻子のためでもあるんだ。そうだな、志麻子？」

「淳一くん、来て……この人の言っていることは事実なのよ。わたしもきみとしたいの、お願い……」

志麻子が真剣な眼差しを向ける。

「いいのよ。抱いて、思い切り」

志麻子が哀願してきた。

「私からも頼む。このとおりだ。志麻子をかわいがってくれ」

山城に頭をさげられると、もう断れなかった。

淳一は服を脱ぎ、全裸になって、志麻子が待っている隣のベッドに向かった。

3

「立って……」

志麻子に言われて、淳一はベッドに足を踏ん張って立つ。

と、志麻子が前にしゃがんだ。

正座の姿勢から尻をあげて、いきりたつものの感触を確かめるように触って、ウエーブヘアをかきあげながら、淳一を見あげてきた。

「いつも元気ね。いつも、カチンカチン……」

「ああ、はい……きっとまだ若いからです。それに、志麻子さんだから」

淳一はそう言って、ちらりと山城のほうをうかがった。

山城がどう思っているのか、すごく気になった。

だが、山城は背中を向けて、ベッドに胡座《あぐら》をかいている。二人のことが大いに気になるはずだが、きっと、まともに見るのは怖いのだろう。このくらいで、想像しているのがちょうどいいのかもしれない。

志麻子も山城をちらりと見て、淳一に向かって、大丈夫だからとばかりにうなずいた。

それから、姿勢を低くして、裏筋を舐めあげてきた。

ツルッ、ツルッと舌を走らせながら、睾丸を手でやわやわとあやしてくれている。

（ああ、志麻子さんの愛撫はいつも最高だ！）

うっとりと、身を任せた。

と、志麻子がさらにしゃがんで、睾丸を舐めてきた。淳一の開いた足の間に身体を入れ、顔を傾けて、皺袋に丁寧に舌を走らせる。

「ああ、気持ちいいです……くっ、あっ……」

淳一は陶然としてくる。

睾丸袋の皺を伸ばすように丹念に舐め、いきりたっているものを握って、ぎゅっ、ぎゅっとしごいてくる。

「ぁああ、くっ……」

思わず呻くと、さらにびっくりすることが起こった。

志麻子が片方の睾丸を頬張ってきたのだ。キンタマを口におさめて、くちゅくちゅと揉みほぐすのだ。

(すごい……！)

新たに体験する快感に酔いしれていると、志麻子はちゅるっと吐き出して、裏筋を舐めあげてくる。

包皮小帯に舌を躍らせながら、髪をかきあげて見あげる。

その、どう感じるでしょ？　というような表情がチャーミングだ。

志麻子は下を向いて、頬張ってきた。

一気に根元まで咥えて、そこでじっとしている。なかで舌がからんでくるのを感じた。

さらに、チューッと吸われて、淳一は呻く。

チンチンが真空になったところでひろがっていくようだ。先っぽが喉のほうへと嵌まり込んでいるのがわかる。

そして、志麻子はバキュームしながら、顔を振りはじめた。

今度は、いやらしい音がする。

きっと意識的にしているのだろう、ジュルル、ジュルルと唾音を立てて吸いあげ、ちゅぽんと吐き出して、また下側を舐めてくる。

顔を横向けて、横笛を吹くように唇をすべらせ、その効果を推し量っているような目を向ける。

やさしげな美貌が今は、女の情欲をたたえて、目が潤んでいる。

それからまた、志麻子は唇をひろげ、途中まで頬張った。

根元にしなやかな指をからませて、ゆったりとしごきながら、リズムを合わせて唇を往復させる。

気持ち良かった。

柔らかな唇が適度な圧迫感で、亀頭冠の出っ張りとくびれにまとわりつき、そこを中心にすべらされると、ジーンとした熱い快感がふくれあがってきた。

（ダメだ。出してしまう！）

そう感じた次の瞬間、志麻子の唇が遠ざかっていった。

そして、志麻子はゆっくりとベッドに這って、腰を突き出してきた。

「ちょうだい……欲しい。きみのおチンチンが欲しい！」

誘うように尻を振った。

淳一は挿入する前に、ちらりと隣のベッドを見た。

今度は、山城はこちらをギラギラした目で見ていた。そして、淳一に向かって、大きくうなずいた。

（いいんだな！）

淳一はギンとしたもので、双臀の底をさぐる。

豊かな尻の底に、女の秘密が息づいていて、そこはすでに準備をととのえ、赤くなった花びらがひろがって、内部の鮭紅色の粘膜をのぞかせていた。

（とうとう、俺はまた志麻子さんと！）

歓喜のなかで、狙いを定め、ゆっくりと押し込んでいく。

志麻子に童貞を捧げたときは、膣の位置さえわからなかった。だが、今ははっきりとわかる。

腰を進めると、熱く滾った粘膜がイチモツを包み込んできて、その快感をこら

えて奥まで突き入れると、

「あはっ……！」

志麻子ががくんと顔を撥ねあげて、

「ぁああ、すごい……カチカチ……ぁあああ、いいのよぉ」

シーツをつかんで、喘ぐように言う。

きっと最近、山城のあれがままならないから、満たされていないのだろう。だから、こんなに激しく応えてくれるのだ。

初めてしたときと同じで、志麻子の膣はキツキツだが、柔らかい包容力もあって、そこに分身を突っ込んだだけで、ペニスが蕩けていくようだ。

淳一は激しくくびれたウエストをつかみ寄せて、浅いところをつづけざまに突く。

「あっ、あっ……ぁあああ……焦らさないで、お願い……」

志麻子がせがんでくる。

淳一は期待に応えて、ズンッと打ち込む。深いところに切っ先が届いて、

「あんっ！　ぁああ、上手くなったわ。ずっと上手くなった……すごいわよ。淳一くん、すごい！」

志麻子が褒めてくれたので、うれしくなった。いちばんそうしてほしい人に褒められ、成長を認められたのだ。

(よし、このまま……!)

三浅一深を繰り返していると、

「あん、あん、あん、あん……」

志麻子はすさまじいばかりの喘ぎをこぼす。

淳一がさらに強く打ち込もうとしたとき、

「どいてくれ!」

いきなり、山城が割り込んできた。いや、本来は山城の女性なのだから、この場合、割り込みとは言わないだろう。

押し退けられて、結合が外れた。

見ると、山城のイチモツがすごい角度でそそりたっていた。さっきとは段違いに、野太いものがぐんと頭を擡げている。

「志麻子、勃ったぞ。入れてやるからな」

山城が嬉々として言い、

「ああ、うれしい……ください。あなたのカチカチを入れてください」

志麻子がくなっと腰を揺らした。

山城が後ろに両膝をつき、いきりたちを押し込んでいく。それがほぼ姿を消して、

「ぁあああああ……硬い。大きい……感じる。突いて、突いてちょうだい」

志麻子がおねだりし、山城ががんがんと突きはじめた。

とても五十五歳とは思えない腰づかいである。

それは動物のオスがメスを支配して、交尾をしているその姿を連想させた。

山城がしゃにむに腰を振り、

「あん、あん、あん、あん……すごいわ、あなたのすごい……志麻子、感じているのよ……あん、あん、あんっ、ぁああああうぅぅ」

二人の獣染みたマグワイを、淳一は呆然と眺めることしかできなかった。

山城はいったん結合を解いて、志麻子を仰向けにして、正面から挿入した。そのまま足を持ちあげ、激しく突き、美しい乳房を揉みしだく。

だが、途中からだんだん勢いがなくなってきた。

ついには、自ら結合を外し、

「悪い。もう……」

山城の下腹部はすでに頭を垂れていた。

「私は女性のなかで、射精しないんだ。できなくなった……もう充分に満足した。あとは、きみに任せる。志麻子をイカせてやってくれ。満足させてやってくれ……私のあとではいやか？」

「……いえ、いやではないです。志麻子さんが好きですから」

「そうか……好きか……なら、あとは任せた。志麻子を満足させてやってくれ。志麻子、いいな？」

山城に訊かれて、志麻子が静かにうなずいた。

淳一がベッドにあがると、志麻子がおしゃぶりしてくれた。たちまちいきりたつ分身を誇らしく感じる。

志麻子が仰向けに寝て、言った。

「来て、淳一……」

淳一は勇んで、志麻子の膝をすくいあげ、怒張を打ち込んでいく。

志麻子のそこは二人の男根を受け入れて、すでにぐちゃぐちゃで、熱く火照《ほて》っている。

根元まで突き入れると、どろどろの粘膜が歓迎するかのようにうごめいて、からみついてくる。

（ああ、志麻子さんのここは最高だ！）

しばらく休んだので、エネルギーはあり余っている。膝裏をつかんで、足を開かせながら押さえつける。持ちあがってきた膣めがけて、勃起を打ち込んでいく。

「あん、あんっ、あんっ……ぁああ、気持ちいい……上手くなったわね。ほんとうにすごく成長している。あのあとで、何人かの女性を抱いたでしょ？　正直におっしゃい」

「……はい」

「そうだと思った。いけない子ね。ほんとうに、いけない子だわ……ぁああ、来て……ぎゅっと抱きしめて」

志麻子が両手を開いて、招き寄せる。

淳一が唇を重ねると、志麻子も舌を差し込んでくる。口のなかでねろりねろりと舌がからみあう。

その間も、淳一はかるく腰を振って、膣をえぐった。

すると、キスしていられなくなったのか、志麻子は唇を離して、

「あっ、あんっ……ぁあああ、いいわ。きみのほんとうにぴったりよ。気持ち

いいのよ。気持ちいい……」

下から淳一をとろんとした目で見あげてくる。

腕立て伏せの格好で腰を打ちおろした。そうしながら、片手で乳房をつかんだ。揉みしだきながら、屹立を叩き込んでいくと、

「ぁああ、乳首が感じるの……上手よ。ほんとうに上手くなった」

志麻子が潤みきった瞳を向ける。

「志麻子さんのお蔭です。あなたが俺を男にしてくれた。志麻子さんのお蔭です」

淳一は右手を肩口からまわし込んで、志麻子を抱き寄せる。そうしながら、足を伸ばし、切っ先に体重を乗せて、ストロークする。

キツキツの体内を勃起が擦りあげていく。身体が密着していて、二人はひとつになっている。

もちろん、橋爪絵美のことは忘れたわけではない。こうしていても、頭の片隅にちゃんと存在している。だが、これとそれとは別だという気がする。

身体を合わせて、ぐいぐいとえぐっていくと、志麻子もぎゅっと抱きつきながら、足を淳一の腰にからめて、引き寄せ、

「ぁあああ、幸せよ。淳一、幸せよ……」

耳元で甘く囁く。

志麻子をイカせたくて、淳一は上体を立てた。両膝をすくいあげ、膝裏をつかんでぐいとひろげながら押さえつける。

むっちりした色白の太腿が開き、蜜まみれの分身が濃い翳りの底にずっぽりと嵌まり込んでいるのが見える。

志麻子は、奥を突かれるのが好きだ、と言っていた。この体位だと、先っぽが深く入り込むのがわかる。

膝裏をつかむ指に自然に力がこもり、徐々に激しいストロークに切り換えていく。すると、志麻子はこれが感じるのか、

「ぁあああ、あああぅ……いいの。いい……ぁああ、イキそう。わたし、イクわ……」

とろんとした目を向けて、訴えてくる。

淳一も限界を迎えようとしていた。

膝裏を軋《きし》むほどに握り、体重を乗せた一撃を叩き込む。とろとろに蕩けた粘膜が抜き差しを阻むみたいに、ぎゅっ、ぎゅっと締めつけてくる。

「ぁああ、ダメだ。出ます……出ちゃう！」

「いいのよ。出して……言ったでしょ？　わたしは妊娠しないから。いいのよ……そうよ、そう……ああ、すごい。カチカチが気持ちいい……ぁああ、そこ、そこ……突いて。今よ、思い切りちょうだい！」

志麻子が訴えてくる。

（よし、今だ！）

淳一は歯を食いしばって、打ち据えた。

連続して叩き込むと、射精前に感じる逼迫感がふくらんできた。

「そうら……イッていいですよ」

「はい、はい……ぁああ、あんっ、あんっ、あんっ……ぁあああ、イクわ。イク、イク、イッちゃう……やぁあああああぁぁぁぁ！」

志麻子がのけぞりながら嬌声を放った。

がく、がくと震えるのを感じて、淳一も最後にひと突きする。その直後、目眩く至福に押しあげられた。

熱い男液を放ち、ぴったりと性器を重ねて、体を反らした。

志麻子もオルガスムスの痙攣をしながら、顔をのけぞらせている。

放出を終え、淳一は我に返って、山城を見た。

「悪いが、あとは私に任せてくれるか？　これから、志麻子の身体をきれいに洗うから」

山城が言う。

「す、すみません……」

淳一は急いで服を着て、部屋を出た。

4

翌日、淳一は昨夜の信じられないセックスの記憶に蓋《ふた》をして、添乗員としての業務を果たす。

まずは、ホテルの近くにある埠頭に停まっていた半水中観光船に乗る。

この船は今回のツアーの目玉のひとつである。

海が澄んでいれば、様々な種類の熱帯魚と珊瑚礁を見ることができる。とくに、ここの珊瑚礁の景観は圧巻だ。

志麻子は山城の腕にすがるようにして、ぴったりと身体を寄せている。

淳一を見て、昨夜はありがとう、とでも言うように、にっこりして頭をさげる。

二人は昨日よりずっと親密さを増したような気がする。それを見ると、あれでよかったのだと自分の行動を正当化できた。

それでも、今ひとつ心が晴れないのは、絵美の存在があるからだ。

（どんな理由があるにせよ、昨夜、俺は絵美を裏切ったことにはならないか？）

自分の心が二つに引き裂かれているようだ。だが、添乗員の仕事はきちんとこなさなくてはいけない。

今日の海は凪《な》いでいて、天候もいい。

船の底に階段でおりていき、左右の舷側《げんそく》に接して並んでいる座席につくと、そこはまるで龍宮城《りゅうぐうじょう》だ。

大きな魚が船にくっついて泳ぎ、ひろいテーブル珊瑚には色とりどりの鮮やかな熱帯魚が群れていた。

志麻子も「すご～い」と歓声をあげて、視線を釘付けにされている。

そういうところを目の当たりにすると、淳一はこのツアーを企画してよかったと、胸がジーンとしてくる。

一行はその後、バスで北上し、池間《いけま》大橋を渡り、池間島を観光し、戻って、西《にし》平安名崎《へんなざき》で目の前にひろがる海を愉しみ、それから、雪塩製作所で塩アイスクリームを食べ、島尻のマングローブを見た。

赤い小さな蟹《かに》が泥から無数に顔を出しているのを見て、「きれい。赤い宝石みたい」と、志麻子がはしゃぎ、山城がうなずく。

それを見ていて、やはり志麻子のパートナーはこの人しかいないと思った。

淳一のつけ入る隙がないほど、二人の関係は堅固なのだ。

それから一行はバスでホテルに戻った。

明日の朝食と集合時間を告げて、解散する。

と、志麻子が近づいてきて、耳打ちした。

「今夜も九時に部屋に来て」

淳一は複雑な気分でうなずく。

夕食を摂る間も、淳一は悩んでいた。

(このまま、三人の関係をつづけるのはどうなのだろう？　断るべきではないのか？　しかし、志麻子さんの肉体には惹かれる。今だって、抱きたくて……しかし、それでは、絵美を裏切ることになる)

結論が出ないまま、午後九時になって、淳一は志麻子の部屋に向かう。

ドアをノックすると、今日は志麻子が迎えて、どうぞ、と招き入れられる。志麻子は南国のムームー風の衣装をつけていて、大きな花柄がその容姿を引き立てている。肩にふわっとかかったウエーブヘアが悩ましい。

部屋を見渡したが、なぜか、山城の姿がない。

「あれっ、山城さんは?」

「彼は外で呑んでくるって……今夜は俺はいいから、二人で愉しみなさいって……やさしい人でしょ? 異常なくらいに……わたしは彼のそういうところが気に入ったのよ」

志麻子が言う。

(……そういうのを、やさしさ、と言うんだろうか? ちょっと違うんじゃないか? そうか、ネトラレなのだから、酒を呑みながら、志麻子さんが同じ時間に他の男に抱かれているのを想像して、ひそかに昂奮しているんだろうな……。だけど、俺には絶対にできない。絵美を他の男に抱かせるなんて……)

そんなことを思っていると、

「ベランダに出ようか?」

志麻子がサッシを開け、二人はベランダに出る。夜の海は暗く沈んでいて、波音だけが聞こえる。夜空には満天の星が煌めいている。

空気の澄んだ南国の島では、ひとつひとつの星がメチャクチャ大きく、くっきりと見える。

「きれいね。きみとこうしていると、不思議に気持ちが落ち着くのよね……なぜかしらね？」

隣で志麻子が言う。

淳一は今こそ、あのことを告げるべきだと思って、思い切って言う。

「じつは俺……恋人ができたんです。昨日は言えなかったけど……」

「えっ、そうなの？　相手はどんな方？」

志麻子が興味津々で訊いてくる。

「……絵美っていって、勤めている会社の人で、二十三歳になったばかりの女の子です。すごく純粋で、俺を好きだって言ってくれるし、俺も……」

「よかったじゃないの。言ったでしょ、前に。きみにもきみに相応しいガールフレンドができるって」

「はい……そのとおりになりました。それも、志麻子さんのお蔭です。あなたに男にしてもらって、だから……」

「そうじゃないわ。きみの力よ……その子を泣かせてはダメよ、いいわね？」

「はい……俺も絵美を泣かせたくないです。それで、あの……俺、もう、昨日のようなことはできません」

淳一は思い切って、言った。

「そう……わかったわ。ほんとうはね、山城は昨日のようにきみとつきあっていきたいって言っていたのよ。これからも、三人でしたいって……わたしもそれでいいと思った。でも、それならしょうがないわね。わたしとしても、絵美さんを悲しませたくないもの。山城に事情を話して、断っておきます。でも……」

志麻子がこちらを見て、言った。

「そうなると、わたしを抱けなくなるわよ。わたしも、山城を裏切ることはできないから。それでいいの？」

「……ええ。そのつもりでいました」

「ふふっ、男らしくなったわね。でも、今夜だけはつきあってもらえない？　これで、もうきみとは逢わないわ。親戚の集まりは別よ」

そう言って、志麻子が近づいてきた。

抱きつかれて、キスされる。ぷにっとした唇を合わせられて、舌を差し込まれた。同時に、股間のものをズボンの上からやわやわされると、抗しがたい愉悦がひろがってくる。

今夜はセックスをしないつもりだった。

しかし、こうやって濃厚なキスとともに、股間をいじられると、そんな意志などあっと言う間に消えていってしまう。

（いいんだ。今夜が最後なんだから……絵美、ゴメン。これで最後にするから）

覚悟を決めたとき、ふいに志麻子の身体が沈んだ。

エッと思ってみると、志麻子がズボンのベルトをゆるめている。

（えっ、ベランダでフェラチオ……？）

周囲を見まわした。ベランダの柵《さく》には開口部がないから、外から、志麻子の姿は見えないはずだ。隣室のベランダの間も隔壁があって、双方のベランダは見えない。

もし見ているとしたら、夜空に煌めくお星さまくらいのものだろう。

淳一が隔壁を背にすると、ズボンとブリーフがさげられる。

さげる端から飛び出してきた分身は、すでに臍に向かっていきりたっていて、それを見た志麻子が、

「ふふっ……ここは正直ね。うれしいわ、こんなにしてくれて……これが最後だって思うと、ますます愛おしくなる」

淳一を見あげて言う。

それから、茎胴をつかみ、亀頭部にちろちろと舌を走らせる。

そうしながら、根元を握りしごいてくるので、いっそう分身が力を漲らせる。

次の瞬間、イチモツが温かいものに包まれる。

見ると、志麻子が頬張っていた。

ムームー姿でベランダにしゃがんだ志麻子が、両手を淳一の腰に添えて、ゆったりと顔を打ち振る。

「ぁあああ……！」

淳一は小さく喘いで、もたらされる悦びにひたった。

分身がギンギンに力を増し、同時に蕩けていくような快感がせりあがってくる。

目を細めて、外を見た。

群青色の夜空で、大きな星たちがきらきらと光っている。名前はわからないが、その星たちが星座を形成している。

志麻子はいったん吐き出して、裏筋を舐めあげてきた。

そうしながら、皺袋もやわやわとあやしてくれている。

天国だった。自分は今、もっとも天国に近いところにいるのだと感じた。

また、志麻子が頬張ってきた。

ジュルル、ジュルルッと唾音を立てて吸いあげ、激しく唇をすべらせながら、根元を握ってしごいてくる。

指を離して、口だけで咥えてきた。

根元まで頬張り、チューと吸いあげる。さらに、顔を横向けたので、亀頭部が頬の内側を擦り、片方の頬がリスの頬袋みたいにぷっくりとふくらみ、顔を振るたびに、移動する。

(信じられない。志麻子さんが、ハミガキフェラをしてくれている。しかも、ベランダで！)

志麻子は顔の角度を変えて、反対の頬にも亀頭部を擦りつける。

それから、まっすぐに頬張って、激しく唇をスライドさせる。大きなストロークで摩擦され、根元を握りしごかれると、圧倒的な快感がうねりあがってきた。

「ダメだ。出そうです」

訴えると、志麻子はちゅるっと吐き出した。

立ちあがり、反対側の隔壁とベランダにつかまって、尻を突き出してきた。

「ねえ、舐めて……」

誘うように尻をくねらせる。

淳一は周囲をうかがってから、尻の後ろにしゃがんだ。

ムームーの裾をまくりあげると、ぶるんとナマ尻がこぼれでた。志麻子はパンティをつけていなかったのだ。

（ああ、なんて人だ！）

淳一は尻の底に舌を走らせる。

豊かな尻が星明かりを浴びて、仄白く浮かびあがっている。

尻たぶの底を舐めると、すでにそこは濡れていて、ぬるっ、ぬるっと舌がすべっていき、

「んっ……んっ……ぁあうぅぅぅ」

志麻子は尻をくねらせながらも、必死に声を押し殺している。

（きっとこんなことができるのは、人生で一度きりだろうな……）

左右の尻たぶをつかんで開かせ、あらわになった粘膜を舐めていると、蜜がどんどん滲んできて、

「んんっ……んんんんん……ぁうぅぅぅ」

志麻子は悩ましい声を押し殺しながらも、もっとして、とばかりに尻を突き出し、欲しくてしょうがないといった様子でくねらせる。

淳一が膣口に舌を押し込んで、抜き差しをしていると、

「ぁああ、もう、欲しい。淳一のおチンチンが欲しい」

志麻子がせがんでくる。

淳一は立ちあがって、腰をつかみ寄せ、いきりたつものを尻の底に押し当てた。

ぬるぬるした狭間を擦り、押し込んでいく。

切っ先が温かい蜜口を押し広げていく確かな感触があって、

「ぁああうぅぅ……！」

志麻子は顔を撥ねあげ、背中をしならせる。

（ぁああ、気持ち良すぎる！）

窮屈だが、とろとろに蕩けた内部が、侵入者を歓迎するように、うねうねとからみついてくる。

まだ入れただけなのに、くいっ、くいっと内側に吸い込もうとする。

たちまち洩らしそうになって、淳一はぐっとこらえる。

ムームーがめくれあがり、真っ白な尻がこぼれでて、そこに蜜まみれの肉柱が嵌まり込んでいる。腰を入れると姿を消し、引くと途中まで現れる。

そして、志麻子は隔壁とベランダの柵につかまり、

「んっ……んっ……んっ……！」

必死に声を押し殺しながらも、高まっているのがわかる。

「見えますか？」

声をかけると、志麻子が顔を持ちあげて、水平線の彼方に目をやり、

「見えるわ。海も星も……」

「俺も、よく見えます。うれしいです……俺、別れても志麻子さんのこと絶対に忘れません」

「うれしい……わたしも、きみのことは忘れないわ。それに、親族の集まりで逢えるしね」

「そうですね……ずっとあなたを見守っています」

「わたしも、きみを……ぁあああ、イキそうなの。イカせて、お願い」

志麻子が哀願してきた。

「ああ、志麻子さん、俺も、俺も出します」

淳一は星空を見ながら、スパートした。パチン、パチンと乾いた音が響いて、

「あんっ、あん、あんっ……ぁあああああ、イキそう。イッていい？」

志麻子が訊いてくる。

「いいですよ。俺も、俺も出します……そうら」

渾身の力を振り絞って、屹立を叩き込んだ。

熱い蜜壺が締まってきて、淳一も追いつめられる。

「出ます！」

「来て……わたしもイク……イク、イク、いっちゃう……今よ、ちょうだい！」

ぐいと奥まで届かせたとき、

「イクぅぅぅぅ……！」

志麻子が絶頂の声を低く洩らし、次の瞬間、淳一も男液を放っていた。

がくん、がくんと震えている志麻子を感じながら、顔をあげた。

夜空には満天の星が煌めき、その光を浴びながら、淳一は最愛の叔母のなかに精液を放ちつづけた。


（完）